ЛЕГКО ЧИТАЕМ ПО-НЕМЕЦКИ
Немецкий с любовью

Стефан Цвейг
НОВЕЛЛЫ

Stefan Zweig
NOVELLEN

*Адаптация текста,
комментарии
и словарь
Е.Д. Перфиловой*

Москва
АСТ

УДК 811.112.2(075)
ББК 81.2 Нем-9
Ц26

Цвейг, Стефан

Ц26 Немецкий с любовью: Новеллы = Novellen / Стефан Цвейг; адаптация текста, сост. коммент. и словаря Е.Д. Перфиловой. – Москва: АСТ, 2014. – 158, [2] с. – (Легко читаем по-немецки).

ISBN 978-5-17-085076-1

В книгу вошли три новеллы известного немецкого писателя Стефана Цвейга: «Письмо незнакомки», «Амок» и «Шахматная новелла».

Драматические судьбы героев, любовь на грани жизни и смерти, глубокие душевные депрессии, мастерски описываемые автором, делают его новеллы сегодня особенно актуальными. Произведения подверглись незначительному упрощению, что позволило сохранить как сюжетную линию, так и живой немецкий язык.

Предназначается для изучающих немецкий язык (уровень 4 – для продолжающих верхней ступени).

УДК 811.112.2(075)
ББК 81.2 Нем-9

ISBN 978-5-17-085076-1
ISBN 978-985-18-3429-3
(ООО «Харвест»)

© Перфилова Е.Д., адаптация текста, комментарии, словарь
© ООО «Издательство АСТ»

Brief einer Unbekannten

Als der bekannte Romanschriftsteller R. frühmorgens von dreitägigem erfrischendem Ausflug ins Gebirge wieder nach Wien zurückkehrte und am Bahnhof eine Zeitung kaufte, wurde er, kaum dass er das Datum überflog, erinnernd gewahr, dass heute sein Geburtstag sei. Der einundvierzigste, besann er sich rasch, und diese Feststellung tat ihm nicht wohl und nicht weh. Flüchtig[1] überblätterte er die Seiten der Zeitung und fuhr mit einem Mietautomobil in seine Wohnung. Der Diener meldete aus der Zeit seiner Abwesenheit zwei Besuche sowie einige Telefonanrufe und überbrachte auf einem Tablett die angesammelte Post. Lässig[2] sah er den Einlauf an, riss ein paar Kuverts auf, die ihn durch ihre Absender interessierten; einen Brief, der fremde Schriftzüge trug, schob er zunächst beiseite. Dann zündete er sich eine Zigarre an und griff nun nach dem zurückgelegten Brief.

Es waren etwa zwei Dutzend geschriebene Seiten in fremder, unruhiger Frauenschrift. Unwillkürlich betastete er noch einmal das Kuvert, ob nicht darin ein Begleitschreiben[3] vergessen geblieben wäre. Aber der Umschlag war leer.

---

[1] **flüchtig** — беглый
[2] **lässig** — небрежный
[3] **Begleitschreiben**, *n* — сопроводительная записка

Brief einer Unbekannten

Seltsam, dachte er, und nahm das Schreiben wieder zur Hand. *„Dir, der Du mich nie gekannt"*, stand oben als Anruf, als Überschrift. Verwundert hielt er inne: galt das ihm, galt das einem erträumten[1] Menschen? Seine Neugier war plötzlich wach[2]. Und er begann den Brief zu lesen.

Mein Kind ist gestern gestorben — drei Tage und drei Nächte habe ich mit dem Tode um dies kleine Leben gerungen, vierzig Stunden bin ich an seinem Bette gesessen. Ich habe Kühles um seine Stirn getan, ich habe seine unruhigen, kleinen Hände gehalten Tag und Nacht. Am dritten Abend bin ich zusammengebrochen[3]. Meine Augen konnten nicht mehr, sie fielen zu, ohne dass ich es wusste. Drei Stunden oder vier war ich auf dem harten Sessel eingeschlafen, und indes hat der Tod ihn genommen. Nun liegt er dort, der süße arme Knabe, in seinem schmalen Kinderbett, ganz so wie er starb. Nur die Augen sind geschlossen, seine klugen, dunkeln Augen. Ich wage nicht hinzusehen, ich wage nicht mich zu rühren, denn wenn die Kerzen flackern, huschen Schatten über sein Gesicht und den verschlossenen Mund, und es ist dann so, als regten sich seine Züge, und ich könnte meinen, er sei nicht tot. Aber ich weiß es, er ist tot, ich will nicht hinsehen mehr, um nicht noch einmal zu hoffen und enttäuscht zu sein. Ich weiß es, ich weiß es, mein Kind ist gestern gestorben — jetzt habe ich nur Dich mehr auf der Welt, nur Dich, der Du von mir nichts weißt. Nur Dich, der Du mich nie gekannt und den ich immer geliebt habe.

---

[1] **erträumten** — воображать
[2] **Seine Neugier war plötzlich wach** — внезапно у него проснулось любопытство
[3] **zusammenbrechen** — обессилить

Brief einer Unbekannten

Ich habe die fünfte Kerze genommen und hier zu dem Tisch gestellt, auf dem ich an Dich schreibe. Denn ich kann nicht allein sein mit meinem toten Kind und zu wem sollte ich sprechen in dieser entsetzlichen Stunde, wenn nicht zu Dir, der Du mir alles warst und alles bist! Vielleicht kann ich nicht ganz deutlich zu Dir sprechen, vielleicht verstehst Du mich nicht — mein Kopf ist ja ganz dumpf. Ich glaube, ich habe Fieber, vielleicht auch schon die Grippe, die jetzt von Tür zu Tür schleicht, und das wäre gut, denn dann ginge ich mit meinem Kinde. Manchmal wird es mir ganz dunkel vor den Augen, vielleicht kann ich diesen Brief nicht einmal zu Ende schreiben — aber ich will alle Kraft zusammentun, um einmal, nur dieses eine Mal zu Dir zu sprechen, Du mein Geliebter, der Du mich nie erkannt. Zu Dir allein will ich sprechen, Dir zum ersten Mal alles sagen. Mein ganzes Leben sollst Du wissen, das immer das Deine gewesen und um das Du nie gewusst. Aber Du sollst mein Geheimnis nur kennen, wenn ich tot bin, wenn Du mir nicht mehr Antwort geben musst, wenn das wirklich das Ende ist. Muss ich weiterleben, so zerreiße ich diesen Brief und werde weiter schweigen, wie ich immer schwieg. Hältst Du ihn aber in Händen, so weißt Du, dass hier eine Tote Dir ihr Leben erzählt, ihr Leben, das das Deine war. Fürchte[1] Dich nicht vor meinen Worten; eine Tote will nichts mehr. Glaube mir alles, nur dies eine bitte ich Dich: man lügt nicht in der Sterbestunde eines einzigen Kindes.

Mein ganzes Leben will ich Dir verraten, das wahrhaft erst begann mit dem Tage, da ich Dich kannte. Vorher war bloß etwas Trübes[2] und Verworrenes[3]. Als Du kamst,

---

[1] **fürchten** — бояться
[2] **trüb(e)** — мрачный
[3] **verwirren** — запутанный

Brief einer Unbekannten

war ich dreizehn Jahre und wohnte im selben Hause, wo Du jetzt wohnst. Du erinnerst Dich wahrscheinlich nicht mehr an uns — wir waren ja ganz still. Du hast vielleicht nie unseren Namen gehört, denn wir hatten kein Schild auf unserer Wohnungstür, und niemand kam, niemand fragte nach uns. Es ist ja auch schon so lange her, fünfzehn, sechzehn Jahre, nein, Du weißt es gewiss nicht mehr, mein Geliebter, ich aber, oh, ich erinnere mich an jede Einzelheit, ich weiß noch wie heute den Tag, nein, die Stunde, da ich zum ersten Mal von Dir hörte, Dich zum ersten Mal sah, und wie sollte ich auch nicht, denn damals begann ja die Welt für mich.

Dulde, Geliebter, dass ich Dir alles, alles von Anfang erzähle, werde, ich bitte Dich, die eine Viertelstunde von mir zu hören nicht müde, die ich ein Leben lang Dich zu lieben nicht müde geworden bin. Ehe Du in unser Haus einzogst, wohnten hinter Deiner Tür hässliche, böse Leute. Arm wie sie waren, hassten sie am meisten die nachbarliche Armut. Der Mann war ein Trunkenbold[1] und schlug seine Frau. Meine Mutter hatte von Anfang an jeden Verkehr[2] mit ihnen vermieden und verbot mir, zu den Kindern zu sprechen. Das ganze Haus hasste mit einem gemeinsamen Instinkt diese Menschen, und als plötzlich einmal etwas geschehen war — ich glaube, der Mann wurde wegen eines Diebstahls eingesperrt — und sie mit ihrem Kram ausziehen mussten, atmeten wir alle auf. Ein paar Tage hing der Vermietungszettel[3] am Haustore, dann wurde er heruntergenommen, und durch den Hausmeister verbreitete es sich rasch, ein Schriftsteller, ein einzelner, ruhiger Herr, habe die Wohnung genommen.

---

[1] **Trunkenbold**, m — пьяница
[2] **Verkehr**, m — общение
[3] **Vermietungszettel**, m — объявление о сдаче внаем

Brief einer Unbekannten

Damals hörte ich zum ersten Mal Deinen Namen. Aber Dich selbst bekam ich noch nicht zu Gesicht: alle diese Arbeiten überwachte Dein Diener, dieser kleine, ernste, grauhaarige Herrschaftsdiener, der alles mit einer leisen Art von oben herab dirigierte. Er imponierte uns allen sehr, erstens, weil in unserem Vorstadthaus ein Herrschaftsdiener etwas ganz Neuartiges war, und dann, weil er zu allen so ungemein höflich war. Meine Mutter grüßte er vom ersten Tage an respektvoll als eine Dame. Wenn er Deinen Namen nannte, so geschah das immer mit einer gewissen Ehrfurcht[1], mit einem besonderen Respekt. Und wie habe ich ihn dafür geliebt, den guten alten Johann, obwohl ich ihn beneidete[2], dass er immer um Dich sein durfte und Dir dienen.

Ich erzähle Dir all das, Du Geliebter, all diese kleinen Dinge, damit Du verstehst, wie Du von Anfang an schon eine solche Macht gewinnen konntest über das scheue[3] Kind, das ich war. Wir alle in dem kleinen Vorstadthaus warteten schon ungeduldig auf Deinen Einzug. Und diese Neugier nach Dir steigerte sich erst bei mir, als ich eines Nachmittags von der Schule nach Hause kam und der Möbelwagen vor dem Hause stand. Ich blieb an der Tür stehen, um alles bestaunen zu können, denn alle Deine Dinge waren so seltsam anders. Es gab da italienische Skulpturen, große Bilder, und dann zum Schluss kamen Bücher, so viele und so schöne, wie ich es nie für möglich gehalten.

Ich glaube, ich hätte sie stundenlang alle angesehen: da rief mich die Mutter hinein. Den ganzen Abend dann musste ich an Dich denken; noch ehe ich Dich kannte. Ich besaß selbst nur ein Dutzend billige Bücher, die ich über alles liebte

---

[1] **Ehrfurcht**, f — почтение, глубокое уважение
[2] **beneiden** — завидовать
[3] **scheu** — робкий, застенчивый

Brief einer Unbekannten

und immer wieder las. Und nun habe ich gedacht, wie der Mensch sein müsste, der all diese vielen herrlichen Bücher besaß und gelesen hatte, der alle diese Sprachen wusste, der so reich war und so gelehrt[1] zugleich. Damals in jener Nacht und noch ohne Dich zu kennen, habe ich das erste Mal von Dir geträumt. Am nächsten Tage zogst Du ein, aber ich konnte Dich nicht zu Gesicht bekommen — das steigerte nur meine Neugier. Endlich, am dritten Tage, sah ich Dich, und wie erschütternd[2] war die Überraschung für mich, dass Du so anders warst. Einen bebrillten Greis[3] hatte ich mir geträumt, und da kamst Du — Du, ganz so, wie Du noch heute bist! Du trugst ein hellbrauner, entzückender Sportdress und liefst in Deiner unvergleichlich leichten knabenhaften Art die Treppe hinauf, immer zwei Stufen auf einmal nehmend. Ich erschrak vor Erstaunen, wie jung, wie hübsch, wie federnd-schlank und elegant Du warst. Und ist es nicht seltsam: in dieser ersten Sekunde empfand ich ganz deutlich, dass Du irgendein zwiefacher[4] Mensch bist. Unbewusst empfand ich, was dann jeder bei Dir spürte, dass Du ein Doppelleben führst, ein Leben mit einer hellen, der Welt offen zugekehrten Fläche, und einer ganz dunkeln, die Du nur allein kennst — diese tiefste Zweiheit, das Geheimnis Deiner Existenz, sie fühlte ich, die Dreizehnjährige. Verstehst Du nun schon, Geliebter, was für ein Wunder, Du für mich, das Kind, sein musstest!

Muss ich Dir noch sagen, dass von diesem Tage an in unserem Hause, in meiner ganzen armen Kinderwelt mich nichts interessierte als Du. Ich beobachtete Dich, beobachtete die Menschen, die zu Dir kamen, und all das

---

[1] **gelehrt** — образованный
[2] **erschütternd** — поразительный
[3] **Greis** — старый
[4] **zwiefach** — двойственный

Brief einer Unbekannten

vermehrte nur, statt sie zu mindern, meine Neugier nach Dir selbst, denn die ganze Zwiefältigkeit Deines Wesens[1] drückte sich in der Verschiedenheit dieser Besuche aus. Da kamen junge Menschen, Kameraden von Dir, mit denen Du lachtest, abgerissene Studenten, und dann wieder Damen, die in Autos vorfuhren, einmal der Direktor der Oper, der große Dirigent, dann wieder kleine Mädel, die noch in die Handelsschule gingen. Ich dachte mir nichts Besonderes dabei, auch nicht, als ich eines Morgens, wie ich zur Schule ging, eine Dame von Dir weggehen sah — ich war ja erst dreizehn Jahre alt, und die leidenschaftliche Neugier wusste im Kinde noch nicht, dass sie schon Liebe war. Aber ich weiß noch genau, mein Geliebter, den Tag und die Stunde, wann ich ganz und für immer an Dich verloren war. Ich hatte mit einer Schulfreundin einen Spaziergang gemacht, wir standen plaudernd vor dem Tor. Da kam ein Auto angefahren, hielt an, und schon sprangst Du mit Deiner ungeduldigen Art vom Trittbrett und wolltest in die Tür. Unwillkürlich[2] zwang es mich, Dir die Tür aufzumachen. Du sahst mich an mit warmen, weichen Blick, der wie eine Zärtlichkeit war, lächeltest mir und sagtest mit einer ganz leisen und fast vertraulichen Stimme: „Danke vielmals, Fräulein."

Das war alles, Geliebter; aber von dieser Sekunde, seit ich diesen weichen, zärtlichen Blick gespürt, war ich Dir verfallen. Ich habe ja später erfahren, dass Du diesen Blick des geborenen Verführers, jeder Frau hingibst, die an Dich streift. Aber ich, das dreizehnjährige Kind, ahnte das nicht: ich war wie in Feuer getaucht. Ich glaubte, die Zärtlichkeit gelte nur mir, nur mir allein, und in dieser einen Sekunde war die Frau in mir erwacht. „Wer war das?" fragte meine Freundin. Ich konnte ihr nicht gleich antworten. Es war

---

[1] **Wesen**, *n* — существо
[2] **unwillkürlich** — невольный, непреднамеренно

Brief einer Unbekannten

mir unmöglich, Deinen Namen zu nennen: schon in dieser einzigen Sekunde war er mir heilig, war er mein Geheimnis geworden. „Ach, irgendein Herr, der hier im Hause wohnt", stammelte ich dann ungeschickt[1] heraus. „Aber warum bist du denn so rot geworden, wie er dich angeschaut hat?" spottete[2] die Freundin mit eines neugierigen Kindes. Blöde Gans", sagte ich wild. Aber sie lachte nur noch lauter, bis ich fühlte, dass mir die Tränen in die Augen schossen. Ich ließ sie stehen und lief hinauf. Von dieser Sekunde an habe ich Dich geliebt.

Ich weiß, Frauen haben Dir oft dieses Wort gesagt. Aber glaube mir, niemand hat Dich so hingebungsvoll[3] geliebt wie dieses Wesen, das ich war. Nur einsame Kinder können ganz ihre Leidenschaft zusammenhalten[4]. Die andern spielen damit, wie mit einem Spielzeug, sie prahlen[5] damit, wie Knaben mit ihrer ersten Zigarette. Aber ich, ich hatte ja niemand, um mich anzuvertrauen: ich stürzte hinein in mein Schicksal wie in einen Abgrund[6]. Alles, was in mir wuchs, wusste nur Dich, den Traum von Dir, als Vertrauten.

Mein Vater war längst gestorben, die Mutter mir fremd in ihrer ewige Bedrücktheit[7], die Schulmädchen stießen mich ab, weil sie so leichtfertig[8] mit dem spielten, was mir letzte Leidenschaft war. Du warst mir — wie soll ich es Dir sagen? Jeder einzelne Vergleich ist zu gering — Du warst

---

[1] **ungeschickt** — неловкий, неуклюжий
[2] **spotten** — насмехаться
[3] **hingebungsvoll** — беззаветный
[4] **Leidenschaft zusammenhalten** — затаить в себе страсть
[5] **prahlen** — хвастаться
[6] **Abgrund**, *m* — пропасть
[7] **Bedrücktheit**, *f* — подавленность
[8] **leichtfertig** — легкомысленно

Brief einer Unbekannten

eben alles, mein ganzes Leben. Alles in meiner Existenz hatte nur Sinn, wenn es mit Dir verbunden war. Bisher mittelmäßig in der Schule, wurde ich plötzlich die Erste, ich las tausend Bücher bis tief in die Nacht, weil ich wusste, dass Du die Bücher liebtest, ich begann, zum Erstaunen meiner Mutter, plötzlich Klavier zu üben, weil ich glaubte, Du liebtest Musik. Ich putzte und nähte an meinen Kleidern. Aber Du hast mich ja nie, fast nie mehr angesehen. Und doch: ich tat eigentlich den ganzen Tag nichts als auf Dich warten. An unserer Tür war ein kleines Guckloch, durch dessen kreisrunden Ausschnitt man hinüber auf Deine Tür sehen konnte. Dieses Guckloch — nein, lächle nicht, Geliebter, noch heute, noch heute schäme ich mich jener Stunden nicht! — war mein Auge in die Welt hinaus, dort, im eiskalten Vorzimmer. Ich war immer um Dich, immer in Spannung und Bewegung. Ich wusste alles von Dir, kannte jede Deiner Gewohnheiten, jede Deiner Krawatten, jeden Deiner Anzüge.

Ich weiß, das sind alles kindische Torheiten, die ich Dir da erzähle. Aber ich schäme mich nicht, denn nie war meine Liebe zu Dir reiner und leidenschaftlicher als in diesen kindlichen Exzessen.

Aber ich will Dich nicht langweilen. Nur das schönste Erlebnis meiner Kindheit will ich Dir noch anvertrauen. An einem Sonntag muss es gewesen sein. Du warst verreist, und Dein Diener schleppte die schweren Teppiche, durch die offene Wohnungstür. Er trug schwer daran, der Gute, und in einem Anfall von Verwegenheit ging ich zu ihm und fragte, ob ich ihm nicht helfen könnte. Er war staunt, aber ließ mich gewähren, und so sah ich Deine Wohnung von innen.

Diese Minute war die glücklichste meiner Kindheit. Sie wollte ich Dir erzählen, damit Du, der Du mich nicht kennst, endlich zu ahnen beginnst, wie ein Leben an Dir

Brief einer Unbekannten

hing und verging. Ich merkte nicht, dass ein älterer Herr, ein Kaufmann aus Innsbruck öfter kam und länger blieb, ja, es war mir nur angenehm, denn er führte Mama manchmal in das Theater, und ich konnte allein bleiben, an Dich denken, was ja meine höchste, meine einzige Seligkeit[1] war.

Eines Tages nun rief mich die Mutter in ihr Zimmer; sie hätte ernst mit mir zu sprechen. Ich wurde blass und hörte mein Herz plötzlich hämmern[2]: sollte sie etwas geahnt? Mein erster Gedanke warst Du, das Geheimnis, das mich mit der Welt verband. Aber die Mutter war selbst verlegen[3], sie küsste mich (was sie sonst nie tat), sie begann zu erzählen, ihr Verwandter habe ihr einen Heiratsantrag gemacht, und sie sei entschlossen, ihn anzunehmen. Heißer stieg mir das Blut zum Herzen: nur ein Gedanke antwortete von innen, der Gedanke an Dich. „Aber wir bleiben doch hier?" konnte ich gerade noch stammeln[4]. „Nein, wir ziehen nach Innsbruck, dort hat Ferdinand eine schöne Villa." Mehr hörte ich nicht. Mir ward schwarz vor den Augen. Später wusste ich, dass ich in Ohnmacht[5] gefallen war. Was dann in den nächsten Tagen geschah, wie ich mich wehrte gegen ihren übermächtigen Willen, das kann ich Dir nicht schildern[6]: noch jetzt zittert mir, da ich daran denke, die Hand im Schreiben. Mein wirkliches Geheimnis konnte ich nicht verraten.

Niemand sprach mehr mit mir, alles geschah hinterrücks. Man nutzte die Stunden, da ich in der Schule war, um die

---

[1] **Seligkeit**, f — высшее счастье
[2] **hämmern** — колотиться
[3] **verlegen** — смущённый
[4] **stammeln** — запинаться
[5] **Ohnmacht**, f — обморок
[6] **schildern** — описать, изображать

Brief einer Unbekannten

Übersiedlung zu fördern: kam ich dann nach Hause, so war immer wieder ein anderes Stück verräumt oder verkauft. Ich sah, wie die Wohnung und damit mein Leben verfiel, und einmal, als ich zum Mittagessen kam, waren die Möbelpacker dagewesen und hatten alles weggeschleppt. In den leeren Zimmern standen die gepackten Koffer und zwei Feldbetten für die Mutter und mich: da sollten wir noch eine Nacht schlafen, die letzte, und morgen nach Innsbruck reisen.

An diesem letzten Tag fühlte ich mit plötzlicher Entschlossenheit, dass ich nicht mehr leben konnte ohne Deine Nähe. Wie ich mir es dachte und ob ich überhaupt klar in diesen Stunden der Verzweiflung[1] zu denken vermochte, das werde ich nie sagen können, aber plötzlich — die Mutter war fort — stand ich auf im Schulkleid, wie ich war, und ging hinüber zu Dir. Nein, ich ging nicht: es stieß mich mit steifen Beinen, mit zitternden[2] Gelenken magnetisch fort zu Deiner Tür. Ich sagte Dir schon, ich wusste nicht deutlich, was ich wollte: Dir zu Füßen fallen [3]und Dich bitten, mich zu behalten als Magd, und ich fürchte, Du wirst lächeln über diesen unschuldigen Fanatismus einer Fünfzehnjährigen, aber — Geliebter, Du würdest nicht mehr lächeln, wüsstest Du, wie ich damals draußen im eiskalten Gange stand, starr vor Angst. Es war ein Kampf durch die Ewigkeit entsetzlicher Sekunden — den Finger auf den Knopf der Türklingel drückte.

Aber du kamst nicht. Niemand kam. Du warst offenbar fort an jenem Nachmittage und Johann auf Besorgung. Ich ging in unsere zerstörte, ausgeräumte Wohnung zurück.

---

[1] **Verzweiflung**, f — отчаяние
[2] **zitternden** — дрожащий
[3] **zu Füßen fallen** — упасть к ногам

Brief einer Unbekannten

Aber unter dieser Erschöpfung[1] glühte noch unverlöscht die Entschlossenheit, Dich zu sehen, Dich zu sprechen, ehe sie mich wegrissen. Die ganze lange, entsetzliche Nacht habe ich dann, Geliebter, auf Dich gewartet. Kaum dass die Mutter sich in ihr Bett gelegt hatte und eingeschlafen war, schlich ich in das Vorzimmer hinaus, um zu horchen, wann Du nach Hause kämest. Die ganze Nacht habe ich gewartet, und es war eine eisige Januarnacht. Ich war müde, meine Glieder schmerzten mich, und es war kein Sessel mehr, mich hinzusetzen: so legte ich mich flach auf den kalten Boden, über den der Zug von der Tür hinstrich. Ich musste immer wieder aufstehen, so kalt war es im entsetzlichen Dunkel. Aber ich wartete, wartete, wartete auf Dich wie auf mein Schicksal. Endlich — es muss schon zwei oder drei Uhr morgens gewesen sein — hörte ich unten das Haustor aufsperren und dann Schritte die Treppe hinauf. Warst Du es, der da kam? Ja, Du warst es, Geliebter — aber Du warst nicht allein. Du kamst mit einer Frau nach Hause... Wie ich diese Nacht überleben konnte, weiß ich nicht. Am nächsten Morgen, um acht Uhr, schleppten sie mich nach Innsbruck.

Mein Kind ist gestern Nacht gestorben — nun werde ich wieder allein sein, wenn ich wirklich weiterleben muss. Morgen werden sie kommen, fremde, schwarze, ungeschlachte Männer, und einen Sarg bringen, werden es hineinlegen, mein armes Kind. Vielleicht kommen auch Freunde und bringen Kränze. Sie werden mich trösten und mir irgendwelche Worte sagen. Was können sie mir helfen? Ich weiß, ich muss dann doch wieder allein sein. Und es gibt nichts Entsetzlicheres, als Alleinsein unter den Menschen. Damals habe ich es erfahren, damals in jenen Jahren von meinem sechzehnten bis zu meinem

---

[1] **Erschöpfung**, f — изнеможение

achtzehnten, wo ich wie eine Gefangene zwischen meiner Familie lebte[1].

Der Stiefvater, ein sehr ruhiger, wortkarger Mann, war gut zu mir, meine Mutter schien allen meinen Wünschen bereit, junge Menschen bemühten sich um mich, aber ich stieß sie alle in einem leidenschaftlichen Trotz[2] zurück. Ich wollte nicht glücklich, nicht zufrieden leben abseits von Dir. Die neuen, bunten Kleider, die sie mir kauften, zog ich nicht an. Ich weigerte mich, in Konzerte, in Theater zu gehen. Ich saß allein zu Hause, stundenlang, tagelang, und tat nichts, als an Dich zu denken. Ich kaufte mir alle Deine Bücher. Wenn Dein Name in der Zeitung stand, war es ein festlicher Tag. Willst Du es glauben, dass ich jede Zeile aus Deinen Büchern auswendig kann, so oft habe ich sie gelesen?

Die ganze Welt, sie existierte nur in Beziehung auf Dich. Doch war ich damals wirklich noch ein Kind? Ich wurde siebzehn, wurde achtzehn Jahre — die jungen Leute begannen sich auf der Straße nach mir umzublicken, doch sie erbitterten[3] mich nur. Mein ganzes Denken war in eine Richtung gespannt: zurück nach Wien, zurück zu Dir.

Mein Stiefvater war vermögend[4], er betrachtete mich als sein eigenes Kind. Aber ich drang in erbittertem Starrsinn darauf, ich wolle mir mein Geld selbst verdienen, und erreichte es endlich, dass ich in Wien zu einem Verwandten als Angestellte eines großen Konfektionsgeschäftes kam.

---

[1] **wie eine Gefangene leben** — жить словно пленница
[2] **Trotz**, m — упорство, своенравие
[3] **erbitten** — ожесточать
[4] **vermögend** — состоятельный, зажиточный

Brief einer Unbekannten

Muss ich Dir sagen, wohin mein erster Weg ging, als ich an einem nebligen Herbstabend — endlich! endlich! — in Wien ankam?

Ich ließ die Koffer an der Bahn, stürzte mich in eine Straßenbahn und lief vor das Haus. Deine Fenster waren erleuchtet, mein ganzes Herz klang. Ich sah nur empor[1] und empor: da war Licht, da war das Haus, da warst Du, da war meine Welt. Zwei Jahre hatte ich von dieser Stunde geträumt, nun war sie mir geschenkt. Ich stand den langen, weichen Abend vor Deinen Fenstern, bis das Licht erlosch.

Dann suchte ich erst mein Heim. Jeden Abend stand ich dann so vor Deinem Haus. Bis sechs Uhr hatte ich Dienst im Geschäft, harten, anstrengenden Dienst, aber er war mir lieb, denn diese Unruhe ließ mich die eigene nicht so schmerzhaft fühlen. Nur Dich einmal sehen, nur einmal Dir begegnen, das war mein einziger Wille, nur wieder einmal mit dem Blick Dein Gesicht umfassen[2] dürfen von ferne. Etwa nach einer Woche geschah dann endlich, dass ich Dir begegnete, und zwar gerade in einem Augenblick, wo ich es nicht vermutete: während ich eben hinauf zu Deinen Fenstern spähte[3], kamst Du quer über die Straße. Und plötzlich war ich wieder das Kind, das dreizehnjährige, ich fühlte, wie das Blut mir in die Wangen schoss; unwillkürlich, wider meinen innersten Drang, der sich sehnte, Deine Augen zu fühlen, senkte ich den Kopf und lief blitzschnell an Dir vorbei. Nachher schämte ich mich dieser schulmädelhaften Flucht[4], denn jetzt war mein Wille mir doch klar: ich wollte Dir ja begegnen, ich

---

[1] **empor** — вверх
[2] **mit dem Blick Dein Gesicht umfassen** — охватить взглядом твоё лицо
[3] **spähen** — подсматривать
[4] **Flucht**, f — бегство

suchte Dich, ich wollte von Dir erkannt sein, wollte von Dir beachtet, wollte von Dir geliebt sein.

Aber Du bemerktest mich lange nicht. Oft wartete ich stundenlang vergebens, oft gingst Du dann endlich vom Hause in Begleitung von Bekannten fort, zweimal sah ich Dich auch mit Frauen, und nun empfand ich mein Erwachsensein, empfand das Neue, Andere meines Gefühls zu Dir an dem plötzlichen Herzzucken, das mir quer die Seele zerriss, als ich eine fremde Frau so sicher Arm in Arm mit Dir hingehen sah. Und endlich, an einem Abend bemerktest Du mich. Unwillkürlich[1] streifte mich Dein zerstreuter[2] Blick, um sofort, kaum dass er der Aufmerksamkeit des meinen begegnete — wie erschrak die Erinnerung in mir! — jener Dein Frauenblick, jener zärtliche[3], hüllende[4] und gleichzeitig enthüllende Blick zu werden, der mich, das Kind, zum ersten Mal zur Frau, zur Liebenden erweckt. Ein, zwei Sekunden lang hielt dieser Blick so den meinen, der sich nicht wegreißen konnte und wollte — dann warst Du an mir vorbei.

Mir schlug das Herz: unwillkürlich musste ich meinen Schritt verlangsamen, und wie ich aus einer nicht zu bezwingenden Neugier mich umwandte, sah ich, dass Du stehen geblieben warst und mir nachsahst. Und an der Art, wie Du neugierig interessiert mich beobachtetest, wusste ich sofort: Du erkanntest mich nicht. Du erkanntest mich nicht, damals nicht, nie, nie hast Du mich erkannt.

Wie soll ich sie Dir schildern, diese Enttäuschung! Denn sieh, in diesen zwei Jahren in Innsbruck, wo ich jede Stunde

---

[1] **unwillkürlich** — непреднамеренно
[2] **zerstreuter** — рассеянный
[3] **zärtlich** — нежный
[4] **hüllen** — обволакивать, укутывать

Brief einer Unbekannten

an Dich dachte und nichts tat, als mir unsere erste Wiederbegegnung in Wien auszudenken. Du erkanntest mich nicht damals. Und als zwei Tage später Dein Blick mit einer gewissen Vertrautheit bei erneuter Begegnung mich umfing, da erkanntest Du mich als das hübsche achtzehnjährige Mädchen, das Dir vor zwei Tagen an der gleichen Stelle entgegengetreten. Du sahst mich freundlich überrascht an, ein leichtes Lächeln umspielte Deinen Mund. Wieder gingst Du an mir vorbei und wieder den Schritt sofort verlangsamend. Ich fühlte, dass ich zum ersten Mal für Dich lebendig war. Und plötzlich spürte ich Dich hinter mir, ohne mich umzuwenden, ich wusste, nun würde ich zum ersten Mal Deine geliebte Stimme an mich gerichtet hören. Da trätest Du an meine Seite. Du sprachst mich an mit Deiner leichten heitern Art, als wären wir lange befreundet. Wir gingen zusammen die ganze Gasse entlang. Dann fragtest Du mich, ob wir gemeinsam speisen wollten. Ich sagte ja. Was hätte ich Dir gewagt zu verneinen[1]? Wir speisten zusammen in einem kleinen Restaurant — weißt Du noch, wo es war? Ach nein, Du unterscheidest es gewiss nicht mehr von andern solchen Abenden, denn wer war ich Dir? Eine unter Hunderten. Keinen Augenblick davon wollte ich durch eine Frage vergeuden[2]. Nie werde ich Dir von dieser Stunde dankbar vergessen. Ach, Du weißt ja nicht, ein wie Ungeheures Du erfülltest, indem Du mir fünf Jahre kindischer Erwartung nicht enttäuschtest!

Es wurde spät, wir brachen auf. An der Tür des Restaurants fragtest Du mich, ob ich noch Zeit hätte. Ich sagte, ich hätte noch Zeit, Dann fragtest Du, ob ich nicht noch ein wenig zu Dir kommen wollte, um zu plaudern. „Gerne", sagte ich und merkte sofort, dass Du von der

---

[1] **verneinen** — отрицать
[2] **keinen Augenblick vergeuden** — не потерять ни одного мгновения

Raschheit meiner Zusage irgendwie sichtlich überrascht. Ich weiß, dass vielleicht nur die Professionellen der Liebe eine solche Einladung mit einer so vollen freudigen Zustimmung beantworten, oder ganz naive, ganz halbwüchsige Kinder. In mir aber war es — und wie konntest Du das ahnen — nur der starke Wille. Jedenfalls aber ich begann Dich zu interessieren. Ich spürte, dass Du, während wir gingen, von der Seite her während des Gespräches mich irgendwie erstaunt mustertest[1]. Der Neugierige in Dir war wach, und ich merkte wie Du nach dem Geheimnis tasten wolltest. Aber ich wollte lieber töricht erscheinen als Dir mein Geheimnis verraten. Wir gingen zu Dir hinauf.

Verzeih, Geliebter, wenn ich Dir sage, dass Du es nicht verstehen kannst, was dieser Gang, diese Treppe für mich waren, fast tödliches Glück. Die ganze Kindheit, meine ganze Leidenschaft, da nistete sie ja in diesen paar Metern Raum, hier war mein ganzes Leben, und jetzt fiel es nieder auf mich wie ein Sturm, da alles, alles sich erfüllte und ich ging mit Dir in unserem Hause. Ich blieb damals die ganze Nacht bei Dir. Du hast es nicht geahnt, dass vordem noch nie ein Mann mich berührt, noch keiner meinen Körper gefühlt oder gesehen. Aber wie konntest Du es auch ahnen, Geliebter, denn ich bot Dir ja keinen Widerstand[2], ich unterdrückte jedes Zögern[3] der Scham, nur damit Du nicht das Geheimnis meiner Liebe zu Dir erraten könntest.

Am Morgen drängte ich frühzeitig schon fort. Ich musste in das Geschäft und wollte auch gehen, ehe der Diener käme: er sollte mich nicht sehen. Als ich angezogen vor Dir stand, nahmst Du mich in den Arm, sahst mich lange an; war es ein Erinnern, dunkel und fern, das in Dir wogte, oder schien ich Dir nur schön,

---
[1] **mustern**, vt — разглядывать
[2] **Widerstand**, m — сопротивление
[3] **Zögern**, n — сопротивление, отпор

Brief einer Unbekannten

beglückt, wie ich war? Dann küsstest du mich auf den Mund. Ich machte mich leise los und wollte gehen. Da fragtest Du: „Willst Du nicht ein paar Blumen mitnehmen?" Ich sagte ja. Du nahmst vier weiße Rosen aus der blauen Kristallvase am Schreibtisch und gabst sie mir. Tagelang habe ich sie noch geküßt. Wir hatten zuvor einen andern Abend verabredet. Ich kam, und wieder war es wunderbar. Noch eine dritte Nacht hast Du mir geschenkt. Dann sagtest Du, Du müsstest verreisen. Ich gab Dir eine Poste restante-Adresse — meinen Namen wollte ich Dir nicht sagen. Ich hütete mein Geheimnis[1]. Wieder gabst Du mir ein paar Rosen zum Abschied.

Jeden Tag während zweier Monate fragte ich ... aber nein, wozu diese Höllenqual[2] der Erwartung. Ich klage Dich nicht an, ich liebe Dich als den, der Du bist. Du warst längst zurück, ich sah es an Deinen erleuchteten Fenstern, und hast mir nicht geschrieben. Ich habe gewartet, ich habe gewartet wie eine verzweifelte[3].

Aber Du hast mich nicht gerufen, keine Zeile hast Du mir geschrieben ... keine Zeile...

Mein Kind ist gestern gestorben — es war auch Dein Kind. Es war auch Dein Kind, Geliebter, das Kind einer jener drei Nächte, ich schwöre es Dir, und man lügt nicht im Schatten des Todes. Es war unser Kind, ich schwöre es Dir, denn kein Mann hat mich berührt von jenen Stunden, da ich mich Dir hingegeben.

Es war unser Kind, Geliebter, das Kind meiner wissenden Liebe und Deiner sorglosen, fast unbewussten Zärtlichkeit, unser Kind, unser Sohn, unser einziges Kind. Aber Du fragst

---

[1] **ein Geheimnis Hüten** — оберегать тайну
[2] **Höllenqual**, f — мука
[3] **verzweifelte** — отчаявшаяся

Brief einer Unbekannten

nun — vielleicht erschreckt, vielleicht bloß erstaunt, — Du fragst nun, mein Geliebter, warum ich dies Kind Dir alle diese langen Jahre verschwiegen und erst heute von ihm spreche! Doch wie hätte ich es Dir sagen können? Nie hättest Du mir, der Fremden, der allzu Bereitwilligen dreier Nächte geglaubt. Und dann, ich kenne Dich; ich kenne Dich so gut, wie Du kaum selber Dich kennst... Du hättest mich — ja, ich weiß es, dass Du es getan hättest, wider Deinen eigenen wachen Willen, — Du hättest mich gehasst für dieses Verbund.

Ich klage Dich nicht an, mein Geliebter, nein, ich klage Dich nicht an. Verzeih mir, wenn mir manchmal ein Tropfen Bitternis in die Feder fließt.

Ich weiß ja, dass Du gut bist und hilfreich im tiefsten Herzen, Du hilfst jedem, hilfst auch dem Fremdesten, der Dich bittet. Aber Deine Güte ist so sonderbar, aber sie ist — verzeih mir — sie ist träge.[1] Du hilfst, wenn man Dich ruft, Dich bittet, hilfst aus Scham, aus Schwäche und nicht aus Freudigkeit. Einmal, ich war noch ein Kind, sah ich durch das Guckloch an der Tür, wie Du einem Bettler[2] etwas gabst. Du gabst ihm rasch und sogar viel, noch ehe er Dich bat, aber Du reichtest es ihm mit einer gewissen Angst und Hast hin, er möchte nur bald wieder fortgehen, es war, als hättest Du Furcht, ihm ins Auge zu sehen. Diese Deine unruhige, scheue, vor der Dankbarkeit flüchtende Art des Helfens habe ich nie vergessen. Und deshalb habe ich mich nie an Dich gewandt. Ich weiß, du hättest mir damals zur Seite gestanden auch ohne die Gewissheit, es sei Dein Kind, Du hättest mich getröstet, mir Geld gegeben, reichlich Geld, aber immer nur mit der geheimen Ungeduld, das Unbequeme von Dir wegzuschieben.

---
[1] **träge** — ленивый
[2] **Bettler**, m — нищий

Brief einer Unbekannten

Aber dieses Kind war alles für mich, war es doch von Dir, nochmals Du, aber nun nicht mehr Du, der Glückliche, der Sorglose, den ich nicht zu halten vermochte, sondern Du für immer — so meinte ich — mir gegeben, verhaftet in meinem Leibe[1], verbunden in meinem Leben. Nun hatte ich Dich ja endlich gefangen, ich konnte Dich, Dein Leben wachsen spüren in meinen Adern[2], Dich tränken, Dich liebkosen, Dich küssen, wenn mir die Seele danach brannte. Siehst du, Geliebter, darum war ich so selig[3], als ich wusste, dass ich ein Kind von Dir hatte, darum verschwieg ich Dir es: denn nun konntest du mir nicht mehr entfliehen. Geliebter, es waren nicht nur so selige Monate, wie ich sie voraus fühlte in meinen Gedanken, es waren auch Monate voll Grauen und Qual, voll Ekel vor der Niedrigkeit[4] der Menschen. Ich hatte es nicht leicht. In das Geschäft konnte ich während der letzten Monate nicht mehr gehen, damit es den Verwandten nicht auffällig werde und sie nicht nach Hause berichteten. Von der Mutter wollte ich kein Geld erbitten — so fristete[5] ich mir mit dem Verkauf von dem bisschen Schmuck, den ich hatte..

Eine Woche vorher wurden mir aus einem Schranke von einer Wäscherin die letzten paar Kronen gestohlen, so musste ich in die Gebärklinik[6]. Dort, wo nur die ganz Armen, die Ausgestoßenen und Vergessenen sich in ihrer Not hinschleppen, dort, mitten im Abhub[7] des Elends, dort ist das Kind, Dein Kind geboren worden. Was die

---

[1] **Leib**, m — тело
[2] **Adern**, f, -n — вена
[3] **selig** — счастливый, блаженный
[4] **Niedrigkeit**, f — низость, подлость
[5] **fristen** — перебиваться
[6] **Gebärklinik**, f — родильный приют
[7] **Abhub**, m — объедки

Brief einer Unbekannten

Armut an Erniedrigung, an seelischer und körperlicher Schande zu ertragen hat, ich habe es dort gelitten an dem Beisammensein[1] mit Dirnen und mit Kranken, die aus der Gemeinsamkeit des Schicksals eine Gemeinheit machten, an der Zynik der jungen Ärzte, die mit einem ironischen Lächeln der Wehrlosen[2] das Betttuch aufstreiften und sie mit falscher Wissenschaftlichkeit antasteten, an der Habsucht[3] der Wärterinnen. Die Tafel mit deinem Namen, das allein bist dort noch du, denn was im Bette liegt, ist bloß ein zuckendes Stück Fleisch, betastet von Neugierigen, ein Objekt der Schau und des Studierens — ah, sie wissen es nicht, die Frauen, die ihrem Mann, dem zärtlich wartenden, in seinem Hause Kinder schenken, was es heißt, allein ein Kind zu gebären! Und lese ich noch heute in einem Buche das Wort Hölle, so denke ich plötzlich wider meinen bewussten Willen an jenen vollgepfropften[4] Saal.

Verzeih, verzeih mir, dass ich davon spreche. Aber nur dieses eine Mal rede ich davon, nie mehr, nie mehr wieder. Elf Jahre habe ich geschwiegen davon, und werde bald stumm sein in alle Ewigkeit: einmal musste ich ausschreien wie teuer ich es erkaufte, dies Kind, das meine Seligkeit war und das nun dort ohne Atem liegt. Ich hatte sie schon vergessen, diese Stunden, längst vergessen im Lächeln, in der Stimme des Kindes, in meiner Seligkeit; aber jetzt, da es tot ist, wird die Qual wieder lebendig, und ich musste sie mir von der Seele schreien, dieses eine Mal. Aber nicht Dich klage ich an, nur Gott, nur Gott, der sie sinnlos machte, diese Qual.

---

[1] **Beisammensein**, n — наравне
[2] **wehrlos** — беззащитный, незащищённый
[3] **Habsucht**, f — алчность
[4] **vollgepfropften** — битком набитый

Brief einer Unbekannten

Nicht Dich klage ich an, und nie habe ich mich im Zorn[1] erhoben gegen Dich. Selbst in der Stunde, habe ich Dich nicht angeklagt vor Gott. Immer habe ich Dich geliebt, immer die Stunde gesegnet[2], da Du mir begegnet bist. Und müsste ich noch einmal durch die Hölle jener Stunden und wüsste vordem, was mich erwartet, ich täte es noch einmal, mein Geliebter, noch einmal und tausendmal!

Unser Kind ist gestern gestorben — Du hast es nie gekannt. Ich hielt mich lange verborgen[3] vor Dir, sobald ich dies Kind hatte; meine Sehnsucht nach Dir war weniger schmerzhaft geworden, ja ich glaube, ich liebte Dich weniger leidenschaftlich, zumindest litt ich nicht so an meiner Liebe, seit es mir geschenkt war. Ich wollte mich nicht zerteilen zwischen Dir und ihm; so gab ich mich nicht an Dich, den Glücklichen, sondern an dies Kind, das mich brauchte, das ich nähren[4] musste, das ich küssen konnte und umfangen. Ich schien gerettet vor meiner Unruhe nach Dir, gerettet durch dies Dein anderes Du.

Nur eines tat ich: zu Deinem Geburtstag sandte ich Dir immer ein Bündel weiße Rosen, genau dieselben, wie Du sie mir damals geschenkt nach unserer ersten Liebesnacht. Hast Du je in diesen zehn, in diesen elf Jahren Dich gefragt, wer sie sandte? Hast Du Dich vielleicht an die erinnert, der Du einst solche Rosen geschenkt? Ich weiß es nicht und werde Deine Antwort nicht wissen. Nur aus dem Dunkel sie Dir hinzureichen, einmal im Jahre die Erinnerung aufblühen zu lassen an jene Stunde — das war mir genug.

---

[1] **Zorn**, m — гнев
[2] **segnen** — благословлять
[3] **verbogen** (verbiegen) — скрываться
[4] **nähren** — кормить

Brief einer Unbekannten

Du hast es nie gekannt, unser armes Kind — heute klage ich mich an, dass ich es Dir verbarg, denn du hättest es geliebt. Nie hast Du ihn gekannt, den armen Knaben, nie ihn lächeln gesehen, wenn er leise die Lider aufhob und dann mit seinen dunklen klugen Augen — Deinen Augen! — ein helles, frohes Licht warf über mich, über die ganze Welt. Er wurde immer mehr Du; schon begann sich auch in ihm jene Zweifältigkeit von Ernst und Spiel, die Dir eigen ist, sichtbar zu entfalten, und je ähnlicher er Dir ward, desto mehr liebte ich ihn. Er hat gut gelernt, er plauderte Französisch wie eine kleine Elster[1], seine Hefte waren die saubersten der Klasse, und wie hübsch war er dabei, wie elegant in seinem schwarzen Samtkleid oder dem weißen Matrosen Jäckchen. Immer war er der Eleganteste von allen, wohin er auch kam; in Grado am Strande, wenn ich mit ihm ging, blieben die Frauen stehen und streichelten sein langes blondes Haar. Er war so hübsch, so zart, so zutunlich: als er im letzten Jahre ins Internat des Theresianums kam, trug er seine Uniform und den kleinen Degen wie ein Page aus dem achtzehnten Jahrhundert — nun hat er nichts als sein Hemdchen an, der Arme, der dort liegt mit blassen Lippen und eingefalteten Händen.

Aber Du fragst mich vielleicht, wie ich das Kind so im Luxus erziehen konnte, wie ich es vermochte, ihm dies helle Leben der oberen Welt zu vergönnen. Liebster, ich spreche aus dem Dunkel zu Dir; ich habe keine Scham, ich will es Dir sagen, aber erschrick nicht, Geliebter — ich habe mich verkauft. Ich hatte reiche Freunde, reiche Geliebte: zuerst suchte ich sie, dann suchten sie mich, denn ich war — hast Du es je bemerkt? — sehr schön. Verachtest[2] Du mich nun, weil ich Dir es verriet, dass

---
[1] **Elster**, f, -n — сорока
[2] **verachten** — презирать

Brief einer Unbekannten

ich mich verkauft habe? Nein, ich weiß, Du verachtest mich nicht, ich weiß, Du verstehst alles und wirst auch verstehen, dass ich es nur für Dich getan, für Dein anderes Ich, für Dein Kind. Ich hatte einmal in jener Stube der Gebärklinik an das Entsetzliche der Armut gerührt, ich wusste, dass in dieser Welt der Arme immer der Getretene, das Opfer ist, und ich wollte nicht, um keinen Preis, dass Dein Kind, Dein helles, schönes Kind da tief unten aufwachsen sollte im Dumpfen, im Gemeinen der Gasse, in der verpesteten Luft eines Hinterhausraumes. Sein zarter Mund sollte nicht die Sprache des Rinnsteins[1] kennen — Dein Kind sollte alles haben, allen Reichtum, alle Leichtigkeit der Erde, es sollte wieder aufsteigen zu Dir, in Deine Sphäre des Lebens. Darum, nur darum, mein Geliebter, habe ich mich verkauft. Es war kein Opfer für mich, denn was man gemeinhin Ehre und Schande nennt, das war mir wesenlos: Du liebtest mich nicht, Du, der Einzige, dem mein Leib gehörte, so fühlte ich es als gleichgültig, was sonst mit meinem Körper geschah. Alle Männer die ich kannte, waren gut zu mir, alle haben mich verwöhnt, alle achteten sie mich. Da war vor allem einer, ein älterer, verwitweter Reichsgraf, derselbe, der sich die Füße wundstand[2] an den Türen, um die Aufnahme des vaterlosen Kindes, Deines Kindes, im Theresianum durchzudrücken — der liebte mich wie eine Tochter. Dreimal, viermal machte er mir den Antrag, mich zu heiraten — ich könnte heute Gräfin sein, Herrin auf einem zauberischen Schloss in Tirol, könnte sorglos sein, denn das Kind hätte einen zärtlichen Vater gehabt, der es vergötterte, und ich einen stillen, vornehmen, gütigen Mann an meiner Seite — ich

---

[1] **Rinnstein**, m — сточная канава
[2] **wund** — стёртый до крови

Brief einer Unbekannten

habe es nicht getan, so sehr, so oft er auch drängte, so sehr ich ihm wehe tat mit meiner Weigerung[1].

Vielleicht war es eine Torheit[2], denn sonst lebte ich jetzt irgendwo still und geborgen, und dies Kind, das geliebte, mit mir, aber — warum soll ich Dir es nicht gestehen — ich wollte mich nicht binden, ich wollte Dir frei sein in jeder Stunde. Innen im Tiefsten, im Unbewussten meines Wesens lebte noch immer der alte Kindertraum, Du würdest vielleicht noch einmal mich zu Dir rufen, sei es nur für eine Stunde lang. Und für diese eine mögliche Stunde habe ich alles weggestoßen, nur um Dir frei zu sein für Deinen ersten Ruf. Was war mein ganzes Leben seit dem Erwachen aus der Kindheit denn anders als ein Warten, ein Warten auf Deinen Willen!

Und diese Stunde, sie ist wirklich gekommen. Aber Du weißt sie nicht, Du ahnst sie nicht, mein Geliebter! Auch in ihr hast Du mich nicht erkannt — nie, nie, nie hast du mich erkannt! Ich war Dir ja schon früher oft begegnet, in den Theatern, in den Konzerten, im Prater, auf der Straße — jedes Mal zuckte mir das Herz, aber Du sahst an mir vorbei: ich war ja äußerlich eine ganz andere, aus dem scheuen Kinde war eine Frau geworden, schön, wie sie sagten, in kostbare Kleider gehüllt, umringt von Verehrern: wie konntest Du in mir jenes schüchterne Mädchen im dämmerigen[3] Licht Deines Schlafraumes vermuten! Manchmal grüßte Dich einer der Herren, mit denen ich ging. Du danktest und sahst auf zu mir: aber Dein Blick war höfliche Fremdheit, aber nie erkennend, entsetzlich fremd. Einmal, ich erinnere mich noch, ward mir dieses Nichterkennen, an

---

[1] **Weigerung**, f — отказ, уклонение
[2] **Torheit**, f — сумасбродство
[3] **dämmerig** — сумеречный

Brief einer Unbekannten

das ich fast schon gewohnt war, zu brennender Qual: ich saß in einer Loge der Oper mit einem Freunde und Du in der Nachbarloge. Die Lichter erloschen bei der Ouvertüre, ich konnte Dein Antlitz nicht mehr sehen, nur Deinen Atem fühlte ich so nah neben mir, wie damals in jener Nacht, und auf der samtenen[1] Brüstung der Abteilung unserer Logen lag Deine Hand aufgestützt. Und unendlich überkam mich das Verlangen[2], mich niederzubeugen und diese fremde, diese so geliebte Hand zu küssen, deren zärtliche Umfassung ich einst gefühlt. Um mich wogte aufwühlend die Musik, immer leidenschaftlicher wurde das Verlangen, ich musste mich ankrampfen, mich gewaltsam aufreißen, so gewaltsam zog es meine Lippen hin zu Deiner geliebten Hand. Nach dem ersten Akt bat ich meinen Freund, mit mir fortzugehen. Ich ertrug es nicht mehr, Dich so fremd und so nah neben mir zu haben im Dunkel. Aber die Stunde kam, sie kam noch einmal, ein letztes Mal in mein verschüttetes Leben. Fast genau vor einem Jahr ist es gewesen, am Tage nach Deinem Geburtstage. Seltsam: ich hatte alle die Stunden an Dich gedacht, denn Deinen Geburtstag, ihn feierte ich immer wie ein Fest. Ganz frühmorgens schon war ich ausgegangen und hatte die weißen Rosen gekauft, die ich Dir wie alljährlich senden ließ zur Erinnerung an eine Stunde, die Du vergessen hattest. Nachmittags fuhr ich mit dem Buben aus, führte ihn zu Demel in die Konditorei und abends ins Theater, ich wollte, auch er sollte diesen Tag, ohne seine Bedeutung zu wissen, irgendwie als einen mystischen Feiertag von Jugend her empfinden. Am nächsten Tage war ich dann mit meinem damaligen Freunde, einem jungen, reichen Brünner Fabrikanten, mit dem ich schon seit zwei Jahren zusammenlebte, der mich vergötterte, verwöhnte und mich ebenso heiraten wollte wie

---
[1] **Samt**, m — бархат
[2] **Verlangen**, n — желание

Brief einer Unbekannten

die andern und dem ich mich ebenso scheinbar grundlos verweigerte wie den andern, obwohl er mich und das Kind mit Geschenken überschüttete und selbst liebenswert war in seiner ein wenig dumpfen Güte. Wir gingen zusammen in ein Konzert, trafen dort heitere Gesellschaft, soupierten in einem Ringstraßenrestaurant, und dort, mitten im Lachen und Schwätzen[1], machte ich den Vorschlag, noch in ein Tanzlokal, in den Tabarin, zu gehen. Mir waren diese Art Lokale mit ihrer systematischen und alkoholischen Heiterkeit wie jede „Drahrerei" sonst immer widerlich, und ich wehrte mich sonst immer gegen derlei Vorschläge, diesmal aber — es war wie eine unergründliche magische Macht in mir, die mich plötzlich unbewusst den Vorschlag mitten in die freudig zustimmende Erregung der andern werfen ließ — hatte ich plötzlich ein unerklärliches Verlangen, als ob dort irgendetwas Besonderes mich erwarte. Gewohnt, mir gefällig[2] zu sein, standen alle rasch auf, wir gingen hinüber, tranken Champagner, und in mich kam mit einem Mal eine fast schmerzhafte Lustigkeit, wie ich sie nie gekannt. Ich trank und trank, sang die kitschigen Lieder mit und hatte fast den Zwang, zu tanzen oder zujubeln. Aber plötzlich — mir war, als hätte etwas Kaltes oder etwas Glühendheißes sich mir jäh aufs Herz gelegt — riss es mich auf: am Nachbartisch saßest Du mit einigen Freunden und sahst mich an mit einem bewundernden und begehrenden[3] Blick. Zum ersten Mal seit zehn Jahren sahst Du mich wieder an mit der ganzen unbewusst-leidenschaftlichen Macht Deines Wesens.

Ich zitterte. Fast wäre mir das erhobene Glas aus den Händen gefallen. Glücklicherweise merkten die Tischgenossen nicht meine Verwirrung: sie verlor sich in dem Dröhnen

---
[1] **Schwatz**, m — болтовня
[2] **gefällig**, adj — услужливый
[3] **begehrend**, (nach D) — желать

Brief einer Unbekannten

von Gelächter und Musik. Immer brennender wurde Dein Blick und tauchte mich ganz in Feuer. Ich wusste nicht: hattest Du mich endlich, endlich erkannt, oder begehrtest Du mich neu, als eine andere, als eine Fremde? Das Blut flog mir in die Wangen[1], zerstreut antwortete ich den Tischgenossen: Du musstest es merken, wie verwirrt ich war von Deinem Blick. Unmerklich für die übrigen machtest Du mit einer Bewegung des Kopfes ein Zeichen, ich möchte für einen Augenblick hinauskommen in den Vorraum. Dann zahltest Du ostentativ, nahmst Abschied von Deinen Kameraden und gingst hinaus, nicht ohne zuvor noch einmal angedeutet zu haben, dass Du draußen auf mich warten würdest. Ich zitterte wie im Frost, wie im Fieber, ich konnte nicht mehr Antwort geben, nicht mehr mein aufgejagtes Blut beherrschen. Zufälligerweise begann gerade in diesem Augenblick ein Negerpaar mit knatternden Absätzen und schrillen Schreien einen absonderlichen[2] neuen Tanz: alles starrte ihnen zu, und diese Sekunde nützte ich. Ich stand auf, sagte meinem Freunde, dass ich gleich zurückkäme, und ging Dir nach.

Draußen im Vorraum vor der Garderobe standest Du, mich erwartend: Dein Blick ward hell, als ich kam. Lächelnd eiltest Du mir entgegen; ich sah sofort, Du erkanntest mich nicht, erkanntest nicht das Kind von einst und nicht das Mädchen, noch einmal grifffest Du nach mir als einem Neuen, einem Unbekannten. „Haben Sie auch für mich einmal eine Stunde?" fragtest Du vertraulich — ich fühlte an der Sicherheit Deiner Art, Du nahmst mich für eine dieser Frauen, für die Käufliche eines Abends. „Ja", sagte ich, dasselbe zitternde und doch selbstverständliche einwilligende Ja, das Dir das Mädchen vor mehr als einem

---
[1] **das Blut flog in die Wangen** — кровь прихлынула к щекам
[2] **absonderlich** — замысловатый, своеобразный

Jahrzehnt auf der dämmernden Straße gesagt. „Und wann könnten wir uns sehen?" fragtest Du. „Wann immer Sie wollen", antwortete ich — vor Dir hatte ich keine Scham. Du sahst mich ein wenig verwundert an, mitderselben misstrauisch-neugierigen Verwunderung wie damals, als Dich gleichfalls die Raschheit meines Einverständnisses erstaunt hatte. „Könnten Sie jetzt?" fragtest Du, ein wenig zögernd[1]. „Ja", sagte ich, „gehen wir."

Ich wollte zur Garderobe, meinen Mantel holen. Da fiel mir ein, dass mein Freund den Garderobenzettel hatte für unsere gemeinsam abgegebenen Mäntel. Zurückzugehen und ihn verlangen, wäre ohne umständliche Begründung nicht möglich gewesen, anderseits die Stunde mit Dir preisgeben, die seit Jahren ersehnte, dies wollte ich nicht. So habe ich keine Sekunde gezögert: ich nahm nur den Schal über das Abendkleid und ging hinaus in die nebelfeuchte Nacht, ohne mich um den guten, zärtlichen Menschen zu kümmern, von dem ich seit Jahren lebte zu einem, dem seine Geliebte nach Jahren wegläuft auf den ersten Pfiff eines fremden Mannes.

Oh, ich war mir ganz der Niedrigkeit, der Undankbarkeit, der Schändlichkeit, die ich gegen einen ehrlichen Freund beging, im Tiefsten bewusst. Ich fühlte, dass ich lächerlich handelte und mit meinem Wahn einen gütigen Menschen für immer tödlich kränkte. Ich fühlte, dass ich mein Leben mitten entzweiriss[2] — aber was war mir Freundschaft, was meine Existenz gegen die Ungeduld, wieder einmal Deine Lippen zu fühlen, Dein Wort weich gegen mich gesprochen zu hören. So habe ich Dich geliebt, nun kann ich es Dir sagen, da alles vorbei ist und vergangen. Und ich glaube,

---

[1] **zögernd** — нерешительный
[2] **entzweireißen** — разрывать (пополам)

Brief einer Unbekannten

riefest Du mich von meinem Sterbebette, so käme mir plötzlich die Kraft, aufzustehen und mit Dir zu gehen.

Ein Wagen stand vor dem Eingang, wir fuhren zu Dir. Ich hörte wieder Deine Stimme, ich fühlte Deine zärtliche Nähe und war genau so betäubt, so kindisch-selig verwirrt wie damals. Wie stieg ich, nach mehr als zehn Jahren, zum ersten Mal wieder die Treppe empor — nein, nein, ich kann Dir es nicht schildern, wie ich alles immer doppelt fühlte in jenen Sekunden, vergangene Zeit und Gegenwart, und in allem und allem immer nur Dich.

In Deinem Zimmer war weniges anders, ein paar Bilder mehr, und mehr Bücher, da und dort fremde Möbel, aber alles doch grüßte mich vertraut. Und am Schreibtisch stand die Vase mit den Rosen darin — mit meinen Rosen, die ich Dir tags vorher zu Deinem Geburtstag geschickt als Erinnerung an eine, an die Du Dich doch nicht erinnertest, die Du doch nicht erkanntest, selbst jetzt, da sie Dir nahe war, Hand in Hand und Lippe an Lippe. Aber doch: es tat mir wohl, dass Du die Blumen hegtest[1]: so war doch ein Hauch[2] meines Wesens, ein Atem meiner Liebe um Dich.

Du nahmst mich in Deine Arme. Wieder blieb ich bei Dir eine ganze herrliche Nacht. Aber auch im nackten Leibe erkanntest Du mich nicht. Selig erlitt ich Deine wissenden Zärtlichkeiten und sah, dass Deine Leidenschaft keinen Unterschied macht zwischen einer Geliebten und einer Käuflichen. Du warst so zärtlich und lind[3] zu mir, der vom Nachtlokal Geholten, so vornehm und so herzlich-achtungsvoll und doch gleichzeitig so leidenschaftlich im

---
[1] **hegen** — хранить
[2] **Hauch**, m — дыхание
[3] **lind** — чуткий, мягкий

Brief einer Unbekannten

Genießen der Frau. Wieder fühlte ich diese einzige Zweiheit Deines Wesens, die wissende, die geistige Leidenschaft in der sinnlichen, die schon das Kind Dir hörig gemacht. Nie habe ich bei einem Manne in der Zärtlichkeit solche Hingabe an den Augenblick gekannt — freilich um dann hinzulöschen in eine fast unmenschliche Vergesslichkeit.

Aber auch ich vergaß mich selbst. Wer war ich nun im Dunkel neben Dir? War ich, das brennende Kind von einst, war ich, die Mutter Deines Kindes, war ich, die Fremde? Ach, es war so vertraut, so erlebt alles, und alles wieder so rauschend neu in dieser leidenschaftlichen Nacht. Und ich betete, sie möchte kein Ende nehmen[1].

Aber der Morgen kam, wir standen spät auf, Du ladest mich ein, noch mit Dir zu frühstücken. Wir tranken zusammen den Tee und plauderten. Wieder sprachst Du mit der ganzen offenen, herzlichen Vertraulichkeit Deines Wesens zu mir und wieder ohne alle indiskreten Fragen, ohne alle Neugier nach dem Wesen, das ich war. Du fragtest nicht nach meinem Namen, nicht nach meiner Wohnung: ich war Dir wiederum nur das Abenteuer, das Namenlose, die heiße Stunde, die im Rauch des Vergessens spurlos sich löst.

Du erzähltest, dass Du jetzt weit weg reisen wolltest, nach Nordafrika für zwei oder drei Monate: ich zitterte mitten in meinem Glück, denn schon hämmerte es mir in den Ohren: vorbei, vorbei und vergessen! Am liebsten wäre ich hin zu Deinen Knien gestürzt und hätte geschrien: „Nimm mich mit, damit Du mich endlich erkennst, endlich, endlich nach so vielen Jahren!" Aber ich war ja so scheu, so schwach vor Dir. Ich konnte nur sagen: „Wie schade." Du sahst mich lächelnd an: „Ist es Dir wirklich leid?" Da fasste es mich

---

[1] **kein Ende nehmen** — не было конца

Brief einer Unbekannten

wie eine plötzliche Wildheit[1]. Ich stand auf, sah Dich an, lange und fest. Dann sagte ich: „Der Mann, den ich liebte, ist auch immer weggereist." Ich sah Dich an, mitten in den Stern Deines Auges. „Jetzt, jetzt wird er mich erkennen!" zitterte alles in mir. Aber Du lächeltest mir entgegen und sagtest tröstend: „Man kommt ja wieder zurück."

„Ja", antwortete ich, „man kommt zurück, aber dann hat man vergessen."

Es muss etwas Absonderliches[2], etwas Leidenschaftliches in der Art gewesen sein, wie ich Dir das sagte. Denn auch Du ständest auf und sahst mich an, verwundert und sehr liebevoll. Du nahmst mich bei den Schultern. „Was gut ist, vergisst sich nicht, Dich werde ich nicht vergessen", sagtest Du, und dabei senkte sich Dein Blick ganz in mich hinein, als wollte er dies Bild sich festprägen. Und wie ich diesen Blick in mich eindringen fühlte, da glaubte ich endlich, endlich den Bann der Blindheit gebrochen. Er wird mich erkennen, er wird mich erkennen! Meine ganze Seele zitterte in dem Gedanken.

Aber Du erkanntest mich nicht. Nein, Du erkanntest mich nicht, nie war ich Dir fremder jemals als in dieser Sekunde, denn sonst — sonst hättest Du nie tun können, was Du wenige Minuten später tätest. Du hast mich geküsst, noch einmal leidenschaftlich geküsst. Ich musste mein Haar, das sich verwirrt hatte, wieder zurechtrichten, und während ich vor dem Spiegel stand, da sah ich durch den Spiegel — und ich glaubte hinsinken zu müssen vor Scham und Entsetzen — da sah ich, wie Du in diskreter Art ein paargrößere Banknoten in meinen Muff schobst. Wie habe ich vermocht, nicht aufzuschreien, Dir nicht ins Gesicht

---

[1] **Wildheit**, f — буйство
[2] **absonderlich** — странный

zu schlagen in dieser Sekunde — mich, die ich Dich liebte von Kindheit an, die Mutter Deines Kindes, mich zahltest Du für diese Nacht! Eine Dirne aus dem Tabarin war ich Dir, nicht mehr — bezahlt, bezahlt hast Du mich! Es war nicht genug, von Dir vergessen zu werden, ich musste noch erniedrigt sein.

Ich tastete rasch nach meinen Sachen. Ich wollte fort, rasch fort. Es tat mir zu weh. Ich griff nach meinem Hut, er lag auf dem Schreibtisch neben der Vase mit den weißen Rosen, meinen Rosen. Da erfasste es mich mächtig, unwiderstehlich: noch einmal wollte ich es versuchen, Dich zu erinnern. „Möchtest Du mir nicht von Deinen weißen Rosen eine geben?" „Gern", sagtest Du und nahmst sie sofort. „Aber sie sind Dir vielleicht von einer Frau gegeben, von einer Frau, die Dich liebt?" sagte ich. „Vielleicht", sagtest Du, „ich weiß es nicht. Sie sind mir gegeben, und ich weiß nicht von wem; darum liebe ich sie so." Ich sah Dich an. „Vielleicht sind sie auch von einer, die Du vergessen hast!" Du blicktest erstaunt. Ich sah Dich fest an. „Erkenne mich, erkenne mich endlich!" schrie mein Blick. Aber Dein Auge lächelte freundlich und unwissend. Du küsstest mich noch einmal. Aber Du erkanntest mich nicht.

Ich ging rasch zur Tür, denn ich spürte, dass mir Tränen in die Augen schossen, und das solltest Du nicht sehen. Im Vorzimmer — so hastig war ich hinausgeeilt — stieß ich mit Johann, Deinem Diener, fast zusammen. Scheu und eilfertig[1] sprang er zur Seite, riss die Haustür auf, um mich hinauszulassen, und da — in dieser einen, hörst Du? in dieser einen Sekunde, da ich ihn ansah, mit tränenden Augen ansah, den gealterten Mann, da zuckte ihm plötzlich ein Licht in den Blick.

---

[1] **eilfertig** — поспешно

Brief einer Unbekannten

In dieser einen Sekunde, hörst Du? in dieser einen Sekunde, hat der alte Mann mich erkannt, der mich seit meiner Kindheit nicht gesehen. Ich hätte hinknien können vor ihm für dieses Erkennen und ihm die Hände küssen. So riss ich nur die Banknoten, mit denen Du mich gegeißelt, rasch aus dem Muff und steckte sie ihm zu. Er zitterte, sah erschreckt zu mir auf — in dieser Sekunde hat er vielleicht mehr geahnt von mir als Du in Deinem ganzen Leben. Alle, alle Menschen haben mich verwöhnt, alle waren zu mir gütig — nur Du, nur Du, Du hast mich vergessen, nur Du, nur Du hast mich nie erkannt!

Mein Kind ist gestorben, unser Kind — jetzt habe ich niemanden mehr in der Welt, ihn zu lieben, als Dich. Aber wer bist Du mir, Du, der Du mich niemals, niemals erkennst, der an mir vorübergeht wie an einem Wasser, der auf mich tritt wie auf einen Stein, der immer geht und weiter geht und mich lässt in ewigem Warten? Einmal vermeinte ich Dich zu halten, Dich, den Flüchtigen[1], in dem Kinde. Aber es war Dein Kind: über Nacht ist es grausam von mir gegangen, eine Reise zu tun, es hat mich vergessen und kehrt nie zurück. Ich bin wieder allein, mehr allein als jemals, nichts habe ich, nichts von Dir — kein Kind mehr, kein Wort, keine Zeile, kein Erinnern, und wenn jemand meinen Namen nennen würde vor Dir, Du hörtest an ihm fremd vorbei. Warum soll ich nicht gerne sterben, da ich Dir tot bin, warum nicht weitergehen, da Du von mir gegangen bist? Nein, Geliebter, ich klage nicht wider Dich, ich will Dir nicht meinen Jammer hinwerfen in Dein heiteres Haus. Fürchte nicht, dass ich Dich weiter bedränge — verzeih mir, ich musste mir einmal die Seele ausschreien in dieser Stunde, da das Kind dort tot und verlassen liegt. Nur dies eine Mal musste ich sprechen zu Dir — dann gehe ich wieder stumm in mein Dunkel zurück,

---
[1] **flüchtig** — неуловимый, мимолётный

wie ich immer stumm neben Dir gewesen. Aber du wirst diesen Schrei nicht hören, solange ich lebe — nur wenn ich tot bin, empfängst Du dies Vermächtnis von mir, von einer, die Dich mehr geliebt als alle und die Du nie erkannt, von einer, die immer auf Dich gewartet und die Du nie gerufen. Vielleicht, vielleicht wirst Du mich dann rufen, und ich werde Dir ungetreu sein zum ersten Mal, ich werde Dich nicht mehr hören aus meinem Tod: kein Bild lasse ich Dir und kein Zeichen, wie Du mir nichts gelassen; nie wirst Du mich erkennen, niemals. Es war mein Schicksal im Leben, es sei es auch in meinem Tod. Ich will Dich nicht rufen in meiner letzten Stunde, ich gehe fort, ohne dass Du meinen Namen weißt und mein Antlitz. Ich sterbe leicht, denn Du fühlst es nicht von ferne. Täte es Dir weh, dass ich sterbe, so könnte ich nicht sterben.

Ich kann nicht mehr weiter schreiben ... mir ist so dumpf im Kopfe ... die Glieder tun mir weh, ich habe Fieber ... ich glaube, ich werde mich gleich hinlegen müssen. Vielleicht ist es bald vorbei, vielleicht ist mir einmal das Schicksal gütig, und ich muss es nicht mehr sehen, wenn sie das Kind wegtragen... Ich kann nicht mehr schreiben. Leb wohl, Geliebter, leb wohl, ich danke Dir ... Es war gut, wie es war, trotz alledem ...ich will Dirs danken bis zum letzten Atemzug. Mir ist wohl: ich habe Dir alles gesagt, Du weißt nun, nein, Du ahnst nur, wie sehr ich Dich geliebt, und hast doch von dieser Liebe keine Last[1]. Ich werde Dir nicht fehlen — das tröstet mich. Nichts wird anders sein in Deinem schönen, hellen Leben ... ich tue Dir nichts mit meinem Tod ... das tröstet mich, Du Geliebter.

Aber wer ... wer wird Dir jetzt immer die weißen Rosen senden zu Deinem Geburtstag? Geliebter, höre, ich bitte Dich ... es ist meine erste und letzte Bitte an Dich ... tu

---

[1] **Last**, *f* — груз, бремя

Brief einer Unbekannten

mir es zuliebe[1], nimm an jedem Geburtstag — es ist ja Tag, wo man an sich denkt — nimm da Rosen und tu sie in die Vase. Tu's, Geliebter, tu es so, wie andere einmal im Jahre eine Messe lesen lassen für eine liebe Verstorbene. Ich aber glaube nicht an Gott mehr und will keine Messe, ich glaube nur an Dich, ich liebe nur Dich und will nur in Dir noch weiterleben ... ach, nur einen Tag im Jahr, ganz, ganz still nur, wie ich neben Dir gelebt ... Ich bitte Dich, tu es, Geliebter ... es ist meine erste Bitte an Dich und die letzte ... ich danke Dir ... ich liebe Dich, ich liebe Dich ... lebe wohl...

Er legte den Brief aus den zitternden Händen. Dann sann er lange nach. Verworren[2] tauchte irgendein Erinnern auf an ein nachbarliches Kind, an ein Mädchen, an eine Frau im Nachtlokal, aber ein Erinnern, undeutlich und verworren. Schatten strömten zu und fort, aber es wurde kein Bild. Er fühlte Erinnerungen des Gefühls und erinnerte sich doch nicht. Ihm war, als ob er von all diesen Gestalten geträumt hätte, oft und tief geträumt, aber doch nur geträumt.

Da fiel sein Blick auf die blaue Vase vor ihm auf dem Schreibtisch. Sie war leer, zum ersten Mal leer seit Jahren an seinem Geburtstag. Er schrak zusammen[3]: ihm war, als sei plötzlich eine Tür unsichtbar aufgesprungen, und kalte Zugluft ströme aus anderer Welt in seinen ruhenden Raum. Er spürte einen Tod und spürte unsterbliche Liebe: innen brach etwas auf in seiner Seele, und er dachte an die Unsichtbare körperlos und leidenschaftlich wie an eine ferne Musik.

---

[1] *etw.* **zuliebe tun** — делать что-л. из любви
[2] **verworren** — беспорядочный, запутанный
[3] **zusammen schrecken** — вздрагивать

Der Amokläufer

Im März des Jahres 1912 ereignete[1] sich im Hafen von Neapel bei dem Ausladen eines großen Überseedampfers ein merkwürdiger Unfall, über den die Zeitungen umfangreiche, aber sehr phantastisch ausgeschmückte[2] Berichte brachten. Obzwar Passagier der „Oceania", war es mir ebenso wenig wie den anderen möglich, Zeuge[3] seltsamen Vorfalles zu sein. Es ereignete sich zur Nachtzeit während des Kohleladens und der Löschung der Fracht[4], wir aber, um dem Lärm zu entgehen, alle an Land gegangen waren und dort in Kaffeehäusern oder Theatern die Zeit verbrachten. Immerhin meine ich persönlich, dass manche Vermutungen, die wirkliche Aufklärung jener Szene in sich tragen, und die Ferne der Jahre erlaubt mir wohl, das Vertrauen eines Gespräches zu nutzen, das jener seltsamen Episode unmittelbar[5] vorausging.

Als ich in der Schiffsagentur von Kalkutta einen Platz für die Rückreise nach Europa auf der „Oceania" bestellen wollte, zuckte der Clerk bedauernd die Schultern. Am nächsten Tage teilte er mir erfreulicherweise mit, er könne

---
[1] **ereignen** — случаться
[2] **ausschmücken** — приукрашивать
[3] **Zeuge**, m — свидетель
[4] **Fracht**, f — груз
[5] **unmittelbar** — непосредственно

Der Amokläufer

mir noch einen Platz vormerken, freilich sei es nur eine wenig komfortable Kabine unter Deck und in der Mitte des Schiffes. Ich war schon ungeduldig, heimzukehren. Ich zögerte nicht lange und ließ mir den Platz zuschreiben.

Der Clerk hatte mich richtig informiert. Das Schiff war überfüllt und die Kabine schlecht, ein kleiner gepresster, rechteckiger Winkel in der Nähe der Dampfmaschine. Die stockende, verdickte Luft roch nach Öl und Mod: nicht für einen Augenblick konnte man dem elektrischen Ventilator entgehen. Von unten her ratterte und stöhnte die Maschine, von oben hörte man unaufhörlich das schlurfende[1] Hin und Her der Schritte vom Promenadendeck. So flüchtete[2] ich wieder zurück auf Deck, und wie Ambra einatmete ich den süßlichen weichen Wind, der vom Lande her über die Wellen wehte.

Aber auch das Promenadendeck war voll Enge und Unruhe: es flirrte von Menschen, die mit der flackernden Nervosität plaudernd auf und nieder gingen. Das zwitschernde Geschäker[3] der Frauen, das rastlos kreisende Wandern tat mir irgendwie weh. Ich hatte eine neue Welt gesehen. Nun wollte ich mir übersinnen, zerteilen, ordnen, nachbildend das heiß in den Blick Gedrängte gestalten. Aber es war unmöglich, mit sich selbst auf dieser schattenlosen wandernden Schiffsgasse allein zu sein.

Drei Tage lang versuchte ich, sah resigniert[4] auf die Menschen, auf das Meer. Aber das Meer blieb immer dasselbe, blau und leer, nur im Sonnenuntergang plötzlich mit allen

---

[1] **schlurfen** — шаркать ногами
[2] **flüchten** — бежать
[3] **Geschäker**, n — любезничание
[4] **resegniert** — примирившийся

Der Amokläufer

Farben war es übergossen. Und die Menschen kannte ich auswendig nach dreimal vierundzwanzig Stunden. Jedes Gesicht war mir vertraut bis zum Überdruss, das scharfe Lachen der Frauen reizte, das Streiten zweier nachbarlicher holländischer Offiziere ärgerte nicht mehr. So blieb nur Flucht: aber die Kabine war heiß und dunstig, im Salon produzierten englische Mädchen ihr schlechtes Klavierspiel. Schließlich drehte ich entschlossen die Zeitordnung um, tauchte in die Kabine schon nachmittags hinab, nachdem ich mich zuvor mit ein paar Gläsern Bier betäubt, um den Tanzabend zu überschlafen.

Als ich aufwachte, war es ganz dunkel und dumpf in dem kleinen Sarg der Kabine. Meine Sinne waren irgendwie betäubt: ich brauchte Minuten, um mich an Zeit und Ort zurück zu finden. Mitternacht musste jedenfalls schon vorbei sein, denn ich hörte weder Musik noch den rastlosen Schlurf der Schritte.

Ich tastete empor[1] auf Deck. Es war leer. Der Himmel strahlte. Er war dunkel gegen die Sterne, aber doch: er strahlte; es war, als verhüllte[2] dort ein samtener Vorhang ungeheures Licht. Nie hatte ich den Himmel gesehen wie in dieser Nacht, so strahlend, so stahlblau hart und doch funkelnd, quellend von Licht, das vom Mond verhangen niederschwoll. Gerade aber zu Häupten[3] stand mir das magische Sternbild, das Südkreuz, mit flimmernden diamantenen Nägeln ins Unsichtbare gehämmert[4].

Ich stand und sah empor: mir war wie in einem Bade, wo Wasser warm von oben fällt. Ich atmete befreit, rein,

---

[1] **empor** — вверх
[2] **verhüllen** — застилать
[3] **zu Häupten** — над головой
[4] **hämmern** — прибивать

Der Amokläufer

und spürte auf den Lippen wie ein klares Getränk die Luft, die weiche, leicht trunken machende Luft, in der Atem von Früchten, Duft von fernen Inseln war. Nun, nun zum ersten Mal, seit ich die Planken betreten habe, überkam mich die heilige Lust des Träumens. So tastete ich weiter, allmählich dem Vorderteil des Schiffes zu, ganz geblendet vom Licht, das immer heftiger aus den Gegenständen auf mich zu dringen schien. Ich hatte Verlangen, mich irgendwo im Schatten zu vergraben, hingestreckt auf eine Matte, den Glanz nicht an mir zu fühlen, sondern nur über mir.

Endlich kam ich bis an den Kiel und sah hinab, wie der Bug[1] in das Schwarze stieß und geschmolzenes Mondlicht schäumend zu beiden Seiten der Schneide aufsprühte. Und im Schauen verlor ich die Zeit. War es eine Stunde, dass ich so stand, oder waren es nur Minuten: im Auf und Nieder schaukelte mich die ungeheure Wiege[2] des Schiffes über die Zeit hinaus. Ich fühlte nur, dass in mich Müdigkeit kam, die wie eine Wollust[3] war. Ich wollte schlafen, träumen und doch nicht weg aus dieser Magie, nicht hinab in meinen Sarg.

Unwillkürlich[4] ertastete ich mit meinem Fuß unter mir ein Bündel Taue. Ich setzte mich hin, die Augen geschlossen und doch nicht Dunkels voll, denn über sie, über mich strömte der silberne Glanz. Unten fühlte ich die Wasser leise rauschen, über mir mit unhörbarem Klang den weißen Strom dieser Welt. Ich fühlte mich selbst nicht mehr, wusste nicht, ob dies Atmen mein eigenes war oder des Schiffes fernpochendes Herz, ich strömte[5], verströmte in diesem ruhelosen Rauschen der mitternächtigen Welt.

---

[1] **Bug**, m — носовая часть
[2] **Wiege**, f — колыбель
[3] **Wollust**, f — наслаждение
[4] **unwillkürlich** — бессознательно
[5] **strömen** — устремляться

Ein leises, trockenes Husten hart neben mir ließ mich auffahren. Ich schrak aus meiner fast schon trunkenen Träumerei. Meine Augen, geblendet vom weißen Geleucht über den bislang geschlossenen Lidern[1], tasteten auf: im Schatten der Bordwand glänzte etwas wie der Reflex einer Brille, und jetzt glühte ein dicker, runder Funke auf, die Glut einer Pfeife. Ich hatte, als ich mich hinsetzte, diesen Nachbarn offenbar nicht bemerkt, der regungslos hier die ganze Zeit gesessen haben musste. Unwillkürlich, noch dumpf in den Sinnen, sagte ich auf Deutsch: „Verzeihung!" „Oh, bitte..." antwortete die Stimme Deutsch aus dem Dunkel.

Ich kann nicht sagen, wie seltsam das war, dies stumme Nebeneinandersitzen im Dunkeln, knapp neben einem, den man nicht sah. Unwillkürlich hatte ich das Gefühl, als starre dieser Mensch auf mich, genau wie ich auf ihn starrte: aber so stark war das Licht über uns, dass keiner von keinem mehr sehen konnte als den Umriss im Schatten. Das Schweigen war unerträglich. Ich wäre am liebsten weggegangen, aber das schien doch zu plötzlich. Aus Verlegenheit nahm ich mir eine Zigarette heraus. Das Zündholz[2] zischte auf, eine Sekunde lang zuckte Licht über den engen Raum. Ich sah hinter Brillengläsern ein fremdes Gesicht, das ich nie an Bord gesehen, bei keiner Mahlzeit, bei keinem Gang, und sei es, dass die plötzliche Flamme den Augen wehtat, oder war es eine Halluzination: es schien grauenhaft verzerrt und finster[3]. Aber ehe ich Einzelheiten deutlich wahrnahm, schluckte das Dunkel wieder die flüchtig erhellten Linien fort, nur den Umriss sah ich einer Gestalt, dunkel ins Dunkel gedrückt, und manchmal den kreisrunden roten Feuerring der Pfeife im Leeren. Keiner sprach, und dies Schweigen

---

[1] **Lid**, n — веко
[2] **Zündholz**, n — спичка
[3] **finster** — мрачный

Der Amokläufer

war schwül[1] und drückend wie die tropische Luft. Endlich ertrug ich nicht mehr. Ich stand auf und sagte höflich „Gute Nacht". „Gute Nacht", antwortete es aus dem Dunkel, eine heisere[2] harte Stimme. Ich stolperte mich mühsam vorwärts durch das Takelwerk an den Pfosten[3] vorbei. Da klang ein Schritt hinter mir her, hastig und unsicher. Es war der Nachbar von vordem. Unwillkürlich blieb ich stehen. Er kam nicht ganz nah heran, durch das Dunkel fühlte ich ein Irgendetwas von Angst in der Art seines Schrittes.

„Verzeihen Sie", sagte er dann hastig, „wenn ich eine Bitte an Sie richte. Ich ... ich..." — er stotterte und konnte nicht gleich weitersprechen vor Verlegenheit — „ich ... ich habe private ... ganz private Gründe, mich hier zurückzuziehen ... ein Trauerfall ... ich meide die Gesellschaft an Bord ... Ich meine nicht Sie ... nein, nein ... Ich möchte nur bitten ... Sie würden mich sehr verpflichten, wenn Sie zu niemandem an Bord davon sprechen würden, dass Sie mich hier gesehen haben ... Es sind ... sozusagen private Gründe, die mich jetzt hindern, unter die Leute zu gehen ... ja ... nun ... es wäre mir peinlich, wenn Sie davon Erwähnung[4] täten, dass jemand hier nachts ... dass ich..." Das Wort blieb ihm wieder stecken, ich beseitigte rasch seine Verwirrung, indem ich ihm eiligst zusicherte, seinen Wunsch zu erfüllen. Wir reichten einander die Hände. Dann ging ich in meine Kabine zurück und schlief einen dumpfen und von Bildern verwirrten Schlaf.

Ich hielt mein Versprechen und erzählte niemandem an Bord von der seltsamen Begegnung, obzwar die Versuchung keine geringe war. Denn auf einer Seereise wird das Kleinste zum Geschehnis, ein Segel am Horizont, ein Del-

---

[1] **schwül** — душный
[2] **heiser** — хриплый
[3] **Pfosten**, m — стойка
[4] **Erwähnung**, f — упоминание

phin, der aufspringt, ein neu entdeckter Flirt, ein flüchtiger Scherz. Dabei quälte mich die Neugier, mehr von diesem ungewöhnlichen Passagier zu wissen: ich durchforschte die Schiffsliste nach einem Namen, der ihm zugehören konnte, ich musterte die Leute, ob sie zu ihm in Beziehung stehen könnten: den ganzen Tag bemächtigte sich meiner eine nervöse Ungeduld, und ich wartete eigentlich nur auf den Abend, ob ich ihm wieder begegnen würde. Rätselhafte psychologische Dinge haben über mich eine geradezu beunruhigende Macht, es reizt mich bis ins Blut, Zusammenhänge aufzuspüren, und sonderbare Menschen können mich durch ihre bloße Gegenwart zu einer Leidenschaft des Erkennenwollens entzünden, die nicht viel geringer ist als jene des Besitzenwollens bei einer Frau.

Ich legte mich früh ins Bett: ich wusste, ich würde um Mitternacht aufwachen. Und wirklich: ich erwachte um die gleiche Stunde wie gestern. Auf dem Radiumzifferblatt der Uhr deckten sich die beiden Zeiger in einem leuchtenden Strich. Hastig stieg ich aus der schwülen Kabine in die noch schwülere Nacht. Die Sterne strahlten wie gestern und schütteten ein diffuses Licht über das zitternde Schiff, hoch oben flammte das Kreuz des Südens. Alles war wie gestern.

Er saß also dort. Unwillkürlich schreckte ich zurück und blieb stehen. Im nächsten Augenblick wäre ich gegangen. Da regte es sich drüben im Dunkel, etwas stand auf, tat zwei Schritte, und plötzlich hörte ich knapp vor mir seine Stimme, höflich und gedrückt.

„Verzeihen Sie", sagte er, „Sie wollen offenbar wieder an Ihren Platz, und ich habe das Gefühl, Sie flüchteten zurück, als Sie mich sahen. Bitte, setzen Sie sich nur hin, ich gehe schon wieder". Ich eilte, ihm meinerseits zu sa-

Der Amokläufer

gen, dass er nur bleiben solle, ich sei bloß zurückgetreten, um ihn nicht zu stören. „Mich stören Sie nicht", sagte er mit einer gewissen Bitterkeit, „im Gegenteil, ich bin froh, einmal nicht allein zu sein. Seit zehn Tagen habe ich kein Wort gesprochen ... eigentlich seit Jahren nicht ... Ich kann nicht mehr in der Kabine sitzen, in diesem ... diesem Sarg ... ich kann nicht mehr ... und die Menschen ertrage ich wieder nicht, weil sie den ganzen Tag lachen ... Das kann ich nicht ertragen jetzt ... ich höre es hinein bis in die Kabine und stopfe mir die Ohren zu ... freilich, sie wissen eben nicht, was geht das die Fremden an..."

Er stockte wieder. Und sagte dann ganz plötzlich und hastig: „Aber ich will Sie nicht belästigen ... verzeihen Sie meine Geschwätzigkeit[1]."

Er verbeugte sich und wollte fort. Aber ich widersprach ihm dringlich. „Sie belästigen mich durchaus nicht. Auch ich bin froh, hier ein paar stille Worte zu haben ... Nehmen Sie eine Zigarette?" Er nahm eine. Ich zündete an. Wieder riss sich das Gesicht flackernd vom schwarzen Bordrand los, aber jetzt voll mir zugewandt: die Augen hinter der Brille forschten[2] in mein Gesicht. Ein Grauen überlief mich. Ich spürte, dass dieser Mensch sprechen wollte, sprechen musste. Und ich wusste, dass ich schweigen müsse, um ihm zu helfen.

Wir setzten uns wieder. Er hatte einen zweiten Deckchair dort, den er mir anbot. Unsere Zigaretten funkelten, und an der Art, wie der Lichtring, der seinen unruhig im Dunkel zitterte, sah ich, dass seine Hand bebte[3]. Aber ich schwieg, und er schwieg. Dann fragte plötzlich seine Stimme leise: „Sind Sie sehr müde?"

---

[1] **Geschwätzigkeit**, f — болтливость
[2] **forschten** — исследовать
[3] **beben** — дрожать

Der Amokläufer

„Nein, durchaus nicht." Die Stimme aus dem Dunkel zögerte wieder. „Ich möchte Sie gerne um etwas fragen ... das heißt, ich möchte Ihnen etwas erzählen. Ich weiß, ich weiß genau, wie absurd das ist, mich an den ersten zu wenden, der mir begegnet, aber ... ich bin ... ich bin in einer furchtbaren psychischen Verfassung ... ich bin an einem Punkt, wo ich unbedingt mit jemandem sprechen muss ... ich gehe sonst zugrunde ... Sie werden das schon verstehen, wenn ich ... ja, wenn ich Ihnen eben erzähle ... Ich weiß, dass Sie mir nicht werden helfen können ... aber ich bin irgendwie krank von diesem Schweigen ... und ein Kranker ist immer lächerlich für die andern..."

Ich unterbrach ihn und bat ihn, sich doch nicht zu quälen. Er möge mir nur erzählen ... ich könne ihm natürlich nichts versprechen, aber man habe doch die Pflicht, seine Bereitwilligkeit anzubieten. Wenn man jemanden in einer Bedrängnis[1] sehe, da ergebe sich doch natürlich die Pflicht zu helfen ... „Die Pflicht ... seine Bereitwilligkeit anzubieten ... die Pflicht, den Versuch zu machen ... Sie meinen also auch, Sie auch, man habe die Pflicht ... die Pflicht, seine Bereitwilligkeit anzubieten." Dreimal wiederholte er den Satz. War dieser Mensch wahnsinnig? War er betrunken?

Aber als ob ich die Vermutung laut mit den Lippen ausgesprochen hätte, sagte er plötzlich mit einer ganz andern Stimme: „Sie werden mich vielleicht für irr halten oder für betrunken. Nein, das bin ich nicht — noch nicht. Nur das Wort, das Sie sagten, hat mich so merkwürdig berührt ... so merkwürdig, weil es gerade das ist, was mich jetzt quält, nämlich ob man die Pflicht hat ... die Pflicht..." Er begann wieder zu stottern. Dann brach er kurz ab und begann mit einem neuen Ruck.

---

[1] **Bedrängnis** — стеснение

Der Amokläufer

„Ich bin nämlich Arzt. Und da gibt es oft solche Fälle, solche verhängnisvolle[1] ... ja, sagen wir Grenzfälle, wo man nicht weiß, ob man die Pflicht hat ... nämlich, es gibt ja nicht nur eine Pflicht, die gegen den andern, sondern eine für sich selbst und eine für den Staat und eine für die Wissenschaft ... Man soll helfen, natürlich, dazu ist man doch da ... aber solche Maximen sind immer nur theoretisch ... Wie weit soll man denn helfen? ... Da sind Sie, ein fremder Mensch, und ich bin Ihnen fremd, und ich bitte Sie, zu schweigen darüber, dass Sie mich gesehen haben ... gut, Sie schweigen, Sie erfüllen diese Pflicht ... Ich bitte Sie, mit mir zu sprechen, weil ich krepiere[2] an meinem Schweigen ... Sie sind bereit, mir zuzuhören ... gut... Aber das ist ja leicht ... Wenn ich Sie aber bitten würde, mich zu packen und über Bord zu werfen ... da hört sich doch die Hilfsbereitschaft auf. Irgendwo endet doch ... dort, wo man anfängt mit seinem eigenen Leben, seiner eigenen Verantwortung ... irgendwo muss es doch enden ... irgendwo muss diese Pflicht doch aufhören ... Oder vielleicht soll sie gerade beim Arzt nicht aufhören dürfen? Muss der ein Heiland[3] sein, bloß weil er ein Diplom in lateinischen Worten hat, muss der wirklich sein Leben hinwerfen und sich Wasser ins Blut schütten, wenn irgendeine ... irgendeiner kommt und will, dass er edel sei, hilfreich und gut? Ja, irgendwo hört die Pflicht auf ... dort, wo man nicht mehr kann, gerade dort..." Er hielt wieder inne und riss sich auf.

„Verzeihen Sie ... ich rede gleich so erregt ... aber ich bin nicht betrunken ... noch nicht betrunken ... auch das kommt jetzt oft bei mir vor, ich gestehe es Ihnen ruhig ein,

---

[1] **verhängnisvoll** — роковой
[2] **krepieren** — подыхать
[3] **Heiland**, m — спаситель

Der Amokläufer

in dieser höllischen Einsamkeit ... Bedenken Sie, ich habe sieben Jahre fast nur zwischen Eingeborenen[1] und Tieren gelebt ... da verlernt man das ruhige Reden.... Aber warten Sie ... ja, ich weiß schon ... ich wollte Sie fragen, wollte Ihnen so einen Fall vorlegen, ob man die Pflicht habe zu helfen ... so ganz engelhaft rein zu helfen, ob man ... Übrigens ich fürchte, es wird lang werden. Sind Sie wirklich nicht müde?"

„Nein, durchaus nicht."

„Also ... ich möchte Ihnen einen Fall erzählen. Nehmen Sie an, ein Arzt in einer ... einer kleineren Stadt ... oder eigentlich am Lande ... ein Arzt, der ... ein Arzt, der..." Er stockte wieder. Dann riss er sich plötzlich den Sessel heran zu mir. „So geht es nicht. Ich muss Ihnen alles direkt erzählen, von Anfang an, sonst verstehen Sie es nicht ... Das, das lässt sich nicht als Exempel, als Theorie entwickeln ... ich muss Ihnen meinen Fall erzählen. Da gibt es keine Scham, kein Verstecken ... vor mir ziehen sich auch die Leute nackt aus und zeigen mir ihren Grind[2], wenn man geholfen haben will, darf man nicht herumreden und nichts verschweigen ... Also ich werde Ihnen keinen Fall erzählen von einem sagenhaften[3] Arzt ... ich ziehe mich nackt aus und sage: ich ... das Schämen habe ich verlernt in dieser dreckigen Einsamkeit, in diesem verfluchten Land, das Mark[4] aus den Lenden saugt."

Ich musste irgendeine Bewegung gemacht haben, denn er unterbrach sich.

---

[1] **Eingeborene**, m, f — туземец
[2] **Grind**, n — короста
[3] **sagenhaft** — легендарный
[4] **Mark**, n — мозг

Der Amokläufer

„Ach, Sie protestieren ... ich verstehe, Sie sind begeistert von Indien, von den Tempeln und den Palmenbäumen, von der ganzen Romantik einer Zweimonatsreise. Ja, so sind sie zauberhaft, die Tropen, wenn man sie in der Eisenbahn, im Auto durchstreift: ich habe das auch nicht anders gefühlt, als ich zum ersten Mal herüber kam vor sieben Jahren. Was träumte ich da nicht alles, die Sprachen wollte ich lernen und die heiligen Bücher im Urtext lesen, die Krankheiten studieren, wissenschaftlich arbeiten, die Psyche der Eingeborenen ergründen — so sagt man ja im europäischen Jargon — ein Missionar der Menschlichkeit, der Zivilisation werden. Aber in diesem unsichtbaren Glashaus dort geht einem die Kraft aus, das Fieber greift einem ans Mark, man wird schlapp und faul, wird weich, wie eine Qualle. Irgendwie ist man als Europäer von seinem wahren Wesen abgeschnitten, wenn man aus den großen Städten weg in so eine verfluchte Sumpfstation[1] kommt.

Man sehnt sich nach Europa, träumt davon, wieder einen Tag auf einer Straße zu gehen, in einem hellen steinernen Zimmer unter weißen Menschen zu sitzen, Jahr um Jahr träumt man davon, und kommt dann die Zeit, wo man Urlaub hätte, so ist man schon zu träge[2], um zu gehen. So bleibt man in diesen heißen, nassen Wäldern. Es war ein verfluchter Tag, an dem ich mich in dieses Drecknest verkauft habe...

Übrigens: ganz so freiwillig war das ja auch nicht. Ich hatte in Deutschland studiert, war rechte Mediziner geworden, ein guter Arzt sogar, mit einer Anstellung an der Leipziger Klinik; irgendwo in einem verschollenen Jahrgang der Medizinischen Blätter haben sie damals viel Aufhebens gemacht von einer neuen Injektion, die ich als

---

[1] **Sumpfstation**, f — болотистая дыра
[2] **träge** — ленивый

erster praktiziert hatte. Da kam eine Weibergeschichte, eine Person, die ich im Krankenhaus kennen lernte: sie hatte ihren Geliebten so toll gemacht, dass er sie mit dem Revolver anschoss, und bald war ich ebenso toll wie er. Sie hatte eine Art, hochmütig und kalt zu sein, die mich rasend[1] machte — mich hatten immer schon Frauen in der Faust[2], die herrisch und frech waren, aber diese bog mich zusammen, dass mir die Knochen brachen. Ich tat, was sie wollte, ich — nun, warum soll ich nicht sagen, es sind acht Jahre her — ich tat für sie einen Griff in die Spitalskasse, und als die Sache aufflog, war der Teufel los[3]. Ein Onkel deckte noch den Abgang, aber mit der Karriere war es vorbei. Damals hörte ich gerade, die holländische Regierung werbe[4] Ärzte an für die Kolonien und biete ein Handgeld. Nun, ich dachte gleich, es müsste ein sauberes Ding sein, für das man Handgeld biete, ich wusste, dass die Grabkreuze auf diesen Fieberplantagen dreimal so schnell wachsen als bei uns, aber wenn man jung ist, glaubt man, das Fieber und der Tod springt immer nur auf die andern. Nun, ich hatte da nicht viel Wahl, ich fuhr nach Rotterdam, verschrieb mich auf zehn Jahre, bekam ein ganz nettes Bündel Banknoten, die Hälfte schickte ich nach Hause an den Onkel, die andere Hälfte jagte mir eine Person dort im Hafenviertel[5] ab, die alles von mir herauskriegte, nur weil sie, die verfluchte Katze, so ähnlich war. Ohne Geld, ohne Uhr, ohne Illusionen bin ich dann abgesegelt von Europa und war nicht sonderlich traurig, als wir aus dem Hafen steuerten. Und dann saß ich so auf Deck wie Sie, wie alle saßen, und sah das Südkreuz und die Palmen, das

---

[1] **rasend** — бешеный
[2] **Faust**, f — кулак
[3] **Der Teufel war los** — разыгрался скандал
[4] **werbe** — набирать
[5] **Hafenviertel**, n — портовый район

Der Amokläufer

Herz ging mir auf-ah, Wälder, Einsamkeit, Stille, träumte ich! Nun — an Einsamkeit bekam ich gerade genug. Man setzte mich nicht nach Batavia oder Surabaya, in eine Stadt, wo es Menschen gibt und Klubs und Golf und Bücher und Zeitungen, sondern — nun, der Name tut ja nichts zur Sache — in irgendeine der Distriktstationen, zwei Tagereisen von der nächsten Stadt. Ein paar langweilige Beamte, ein paar Halfcast[1], das war meine ganze Gesellschaft, sonst weit und breit nur Wald, Plantagen, Dickicht[2] und Sumpf[3].

Im Anfang war es noch erträglich. Ich trieb allerhand[4] Studien; einmal, als der Vizeresident auf der Inspektionsreise mit dem Automobil umgeworfen und sich ein Bein zerschmettert hatte, machte ich ohne Gehilfen eine Operation, über die viel geredet wurde. Ich sammelte Gifte und Waffen der Eingeborenen, ich beschäftigte mich mit hundert kleinen Dingen, um mich wach zu halten. Aber all dies ging nur, solang die Kraft von Europa her in mir noch funktionierte; dann trocknete ich ein. Die paar Europäer langweilten mich, ich brach den Verkehr ab, trank und träumte in mich hinein. Ich hatte ja nur noch zwei Jahre, dann war ich frei mit Pension, konnte nach Europa zurückkehren, noch einmal ein Leben anfangen. Eigentlich tat ich nichts mehr als warten. Und so säße ich heute noch, wenn nicht sie ... wenn das nicht gekommen wäre."

Die Stimme im Dunkeln hielt inne. Auch die Pfeife glimmte[5] nicht mehr. So still war es, dass ich mit einem Male wieder das Wasser hörte. Ich hätte mir gern eine Zigarette

---

[1] **Halfcast** (англ.) — метис
[2] **Dickicht**, n — заросли
[3] **Sumpf**, m — болота
[4] **allerhand** — всевозможный
[5] **glimmen** — тлеть

Der Amokläufer

angezündet, aber ich hatte Furcht vor dem grellen Aufschlag des Zündholzes und dem Reflex in seinem Gesicht. Er schwieg und schwieg. Ich wusste nicht, ob er zu Ende sei oder ob er schlief, so tot war sein Schweigen. Da schlug die Schiffsglocke einen geraden, kräftigen Schlag: ein Uhr. Er fuhr auf; ich hörte wieder das Glas klingen. Offenbar tastete die Hand suchend zum Whisky hinab. Ein Schluck gluckste leise — dann plötzlich begann die Stimme wieder, aber jetzt gleichsam gespannter, leidenschaftlicher.

„Ja also ... warten Sie ... ja also, das war so. Ich sitze da droben[1] in meinem verfluchten Nest. Es war gerade nach der Regenzeit, kein Mensch war gekommen, kein Europäer, täglich hatte ich dagesessen mit meinen gelben Weibern im Haus und meinem guten Whisky. Ich war damals ganz europakrank; wenn ich irgendeinen Roman las von hellen Straßen und weißen Frauen, begannen mir die Finger zu zittern. Ich kann Ihnen den Zustand nicht ganz schildern, es ist eine Art Tropenkrankheit, eine wütige, fiebrige und doch kraftlose Nostalgie. So saß ich damals, ich glaube über einem Atlas, und träumte mir Reisen aus. Da klopft es aufgeregt an die Tür, der Boy steht draußen und eines von den Weibern, beide haben die Augen ganz aufgerissen vor Erstaunen. Sie machen große Gebärden[2]: eine Dame sei hier, eine Lady, eine weiße Frau. Ich fahre auf. Ich habe keinen Wagen kommen gehört, kein Automobil. Eine weiße Frau hier in dieser Wildnis?

Ich will die Treppe hinab, reiße mich aber noch zurück. Ich bin nervös, unruhig, denn ich weiß niemanden auf der Welt, der aus Freundschaft zu mir käme. Endlich gehe ich hinunter. Im Vorraum wartet die Dame und kommt mir

---
[1] **droben** — там наверху
[2] **Gebärde**, f — жест

Der Amokläufer

hastig entgegen. Ein dicker Automobilschleier[1] verhüllt ihr Gesicht. Ich will sie begrüßen, aber sie fängt mir rasch das Wort ab.

„Guten Tag, Doktor", sagt sie auf Englisch in einer fließenden Art. „Verzeihen Sie, dass ich sie überfalle. Aber wir waren gerade in der Station, unser Auto hält drüben" — warum fährt sie nicht bis vors Haus, schießt es mir blitzschnell durch den Kopf — „da erinnerte ich mich, dass Sie hier wohnen. Ich habe schon so viel von Ihnen gehört, Sie haben ja eine wirkliche Zauberei mit dem Vizeresidenten gemacht, sein Bein ist wieder in Ordnung, er spielt Golf wie früher. Ah, ja, alles spricht noch davon drunten bei uns, und wir wollten alle unseren brummigen[2] Surgeon[3] und noch die zwei andern hergeben, wenn Sie zu uns kämen. Überhaupt, warum sieht man Sie nie drunten, Sie leben ja wie ein Joghi..."

Und so plappert sie weiter, ohne mich zu Worte kommen zu lassen. Etwas Nervöses ist in diesem Geschwätz, und ich werde selbst unruhig davon. Warum spricht sie so viel, frage ich mich innerlich, warum stellt sie sich nicht vor, warum nimmt sie den Schleier nicht ab? Hat sie Fieber? Ist sie krank? Ich werde immer nervöser, weil ich die Lächerlichkeit empfinde, so stumm vor ihr zu stehen. Endlich stoppt sie ein wenig, und ich kann sie hinaufbitten. Sie macht dem Boy eine Bewegung, zurückzubleiben, und geht vor mir die Treppe empor.

„Nett haben Sie es hier", sagt sie, in meinem Zimmer sich umsehend. „Ah, die schönen Bücher! die möchte ich alle lesen!" Sie tritt an das Regal und mustert die Büchertitel.

---

[1] **Automobilschleier**, m — дорожная вуаль
[2] **brummig** — ворчливый
[3] **Surgeon** (англ.) — хирург

Der Amokläufer

Zum ersten Mal, seit ich ihr entgegengetreten, schweigt sie für eine Minute. „Darf ich Ihnen einen Tee anbieten?" frage ich. Sie wendet sich nicht um und sieht nur auf die Büchertitel. „Nein, danke, Doktor ... wir müssen gleich wieder weiter ... ich habe nicht viel Zeit ... war ja nur ein kleiner Ausflug ... Ach, da haben Sie auch den Flaubert[1], den liebe ich so sehr ... wundervoll, ganz wundervoll, die "Education sentimentale„, ... ich sehe, Sie lesen auch französisch ... Was Sie alles können! ... ja, die Deutschen, die lernen alles auf der Schule ... Wirklich großartig, so viel Sprachen zu können! ...Der Vizeresident schwört auf Sie, sagt immer, Sie seien der einzige, dem er unter das Messer ginge ... Übrigens wissen Sie — (sie wendete sich noch immer nicht um) heute kams mir selbst in den Sinn, ich sollte Sie einmal konsultieren ... und weil wir eben vorüberfuhren, dachte ich ... nun, Sie haben jetzt wohl zu tun ... ich komme lieber ein andermal."

„Deckst du endlich die Karten auf!" dachte ich mir sofort. Aber ich ließ ichts merken, sondern versicherte ihr, es würde mir nur eine Ehre sein, jetzt und wann immer sie wolle, ihr zu dienen. „Es ist nichts Ernstes... Kleinigkeiten ... Weibersachen ... Schwindel, Ohnmachten. Heute früh schlug ich, als wir eine Kurve machten, plötzlich hin... der Boy musste mich aufrichten im Auto und Wasser holen ... nun, vielleicht ist der Chauffeur zu rasch gefahren ... meinen Sie nicht, Doktor?"

„Ich kann das so nicht beurteilen. Haben Sie öfter derlei Ohnmachten?"
„Nein .... das heißt ja ... in der letzten Zeit ... gerade in der allerletzten Zeit ... ja ... solche Ohnmachten und Übelkeiten."

---
[1] Гюстав Флобер «Воспитание чувств», 1869 г.

Der Amokläufer

Sie steht schon wieder vor dem Bücherschrank, tut das Buch hinein, nimmt ein anderes heraus und blättert darin. Merkwürdig, warum blättert sie immer so ... so nervös? Ich sage mit Absicht nichts.

„Nicht wahr, Doktor, es ist nichts Gefährliches? Keine Tropensache ... "

„Ich müsste erst sehen, ob Sie Fieber haben. Darf ich um Ihren Puls bitten..."

Ich gehe auf sie zu. Sie weicht leicht zur Seite.

„Nein, nein, ich habe kein Fieber ... gewiss, ganz gewiss nicht ... ich habe mich selbst gemessen, jeden Tag, seit ... seit diese Ohnmachten kamen. Nie Fieber, immer tadellos 36,4 auf den Strich. Auch mein Magen ist gesund."

Ich zögere einen Augenblick. Die ganze Zeit schon prickelt[1] in mir ein Argwohn[2]: ich spüre, diese Frau will etwas von mir, man kommt nicht in eine Wildnis, um über Flaubert zu sprechen. Eine, zwei Minuten lasse ich sie warten. „Verzeihen Sie", sage ich dann geradewegs, „darf ich einige Fragen ganz frei stellen?"

„Gewiss, Doktor! Sie sind doch Arzt", antwortete sie, aber schon wendet sie mir wieder den Rücken und spielt mit den Büchern.

„Haben Sie Kinder gehabt?"
„Ja, einen Sohn."
„Und haben Sie ... haben Sie vorher ... ich meine damals ... haben Sie da ähnliche Zustände gehabt?"
„Ja."

Ihre Stimme ist jetzt ganz anders. Ganz klar, gar nicht mehr nervös. „Und wäre es möglich, dass Sie ... verzeihen Sie die Frage ... dass Sie jetzt in einem ähnlichen Zustande sind?"

---

[1] **prickeln** — зудеть
[2] **Argwohn**, m — подозрение

„Ja."

Wie ein Messer scharf und schneidend lässt sie das Wort fallen.

„Vielleicht wäre es da am besten, gnädige Frau, ich nehme eine allgemeine Untersuchung vor ... darf ich Sie vielleicht bitten, sich ... sich in das andere Zimmer hinüber zu bemühen?"

Da wendet sie sich plötzlich um. Durch den Schleier fühle ich einen kalten, entschlosseneren Blick mir gerade entgegen. „Nein ... das ist nicht nötig ... ich habe volle Gewissheit über meinen Zustand.""

Die Stimme zögerte einen Augenblick. Wieder blinkert im Dunkel das gefüllte Glas.

„Also hören Sie ... aber versuchen Sie zuerst einen Augenblick sich das zu überdenken. Da drängt sich zu einem, der in seiner Einsamkeit vergeht, eine Frau herein, die erste weiße Frau betritt seit Jahren das Zimmer ... und plötzlich spüre ich, es ist etwas Böses im Zimmer, eine Gefahr. Denn was sie von mir wollte, wusste ich ja, wüsste ich sofort — es war nicht das erste Mal, dass Frauen so etwas von mir verlangten, aber sie kamen anders, kamen verschämt oder flehend, kamen mit Tränen und Beschwörungen. Hier aber war eine männliche Entschlossenheit ... von der ersten Sekunde spürte ich, dass diese Frau stärker war als ich ... dass sie mich in ihren Willen zwingen konnte, wie sie wollte. ... Aber ... aber ... es war auch etwas Böses in mir ... der Mann, der sich wehrte, irgendeine Erbitterung, denn ... ich sagte es ja schon ... von der ersten Sekunde, ja, noch ehe ich sie gesehen, empfand ich diese Frau als Feind. Ich schwieg zunächst. Ich spürte, dass sie mich unter dem Schleier ansah — sie wollte mich zwingen zu sprechen. Aber ich gab nicht so leicht nach.

Ich begann zu sprechen, aber ... ausweichend[1] ... Ich tat, als ob ich sie nicht verstünde, denn — ich weiß nicht,

---

[1] **ausweichend** — уклончивый

Der Amokläufer

ob Sie das nachfühlen können — ich wollte sie zwingen, deutlich zu werden, ich wollte nicht anbieten, sondern ... gebeten sein ... gerade von ihr, weil sie so herrisch[1] kam ... Ich redete also herum, sagte, dass solche Ohnmachten gehörten zum regulären Lauf der Dinge, im Gegenteil, sie verbürgten[2] beinahe eine gute Entwicklung. Ich sprach lässig und leicht...wartete immer, dass sie mich unterbrechen würde. Denn ich wusste, sie würde es nicht ertragen. Da fuhr sie schon scharf dazwischen, mit einer Handbewegung gleichsam das ganze beruhigende Gerede wegstreifend.

„Das ist es nicht, Doktor, was mich unsicher macht. Damals, als ich meinen Buben bekam, war ich in bester Verfassung ... aber jetzt bin ich nicht mehr allright[3] ... ich habe Herzzustände..."

„Ach, Herzzustände", wiederholte ich, scheinbar beunruhigt, „da will ich doch gleich nachsehen." Und ich machte eine Bewegung, als ob ich aufstehen und das Hörrohr holen wollte. Aber schon fuhr sie dazwischen. Die Stimme war jetzt ganz scharf und bestimmt — wie am Kommandoplatz.

„Ich *habe* Herzzustände, Doktor, und ich muss Sie bitten, zu glauben, was ich Ihnen sage. Ich möchte nicht viel Zeit mit Untersuchungen verlieren — Sie könnten mir, meine ich, etwas mehr Vertrauen entgegenbringen. Ich wenigstens habe mein Vertrauen zu Ihnen genug bezeugt."

Jetzt war es schon Kampf, offene Herausforderung[4]. Und ich nahm sie an.

„Zum Vertrauen gehört Offenheit. Reden Sie klar, ich bin Arzt. Und vor allem, nehmen Sie den Schleier ab, setzen

---

[1] **herrisch** — повелительный
[2] **verbürgen** — гарантировать
[3] **allright**, англ. — всё в порядке
[4] **Herausforderung**, f — вызов

Der Amokläufer

Sie sich her, lassen Sie die Bücher und die Umwege. Man kommt nicht zum Arzt im Schleier."

Sie sah mich an, aufrecht und stolz. Einen Augenblick zögerte sie. Dann setzte sie sich nieder, zog den Schleier hoch. Ich sah ein Gesicht, ganz so wie ich es gefürchtet hatte, ein undurchdringliches[1] Gesicht, hart, beherrscht[2], von einer alterslosen Schönheit, ein Gesicht mit grauen englischen Augen, in denen alles Ruhe schien und hinter die man doch alles Leidenschaftliche träumen konnte. Dieser verpresste Mund gab kein Geheimnis her, wenn er nicht wollte. Eine Minute lang sahen wir einander an — sie befehlend und fragend zugleich, mit einer so kalten Grausamkeit, dass ich es nicht ertrug und unwillkürlich zur Seite blickte. Sie klopfte leicht mit dem Knöchel auf den Tisch.

Also auch in ihr war Nervosität. Dann sagte sie plötzlich rasch: „Wissen Sie, Doktor, was ich von Ihnen will, oder wissen Sie es nicht?"

„Ich glaube es zu wissen. Aber seien wir lieber ganz deutlich. Sie wollen Ihrem Zustand ein Ende bereiten ... Sie wollen, dass ich Sie von Ihrer Ohnmacht, Ihren Übelkeiten befreie, indem ich ... indem ich die Ursache beseitige. Ist es das?"

„Ja."

Wie ein Fallbeil[3] zuckte das Wort.

„Wissen Sie auch, dass solche Versuche gefährlich sind ... für beide Teile...?"

„Ja."

„Dass es gesetzlich mir untersagt ist?"

---

[1] **undurchdringlich** — непроницаемый
[2] **beherrschen** — владеть
[3] **Fallbeil**, n — гильотина

Der Amokläufer

„Es gibt Möglichkeiten, wo es nicht untersagt[1], sondern sogar geboten ist."

„Aber diese erfordern eine ärztliche Indikation."

„So werden Sie diese Indikation finden. Sie sind Arzt."

Klar, ohne zu zucken, blickten mich ihre Augen dabei an. Es war ein Befehl. Aber ich krümmte mich noch, ich wollte nicht zeigen, dass ich schon zertreten war. — „Nur nicht zu rasch! Umstände machen! Sie zur Bitte zwingen", funkelte in mir irgendein Gelüst[2].

„Das liegt nicht immer im Willen des Arztes. Aber ich bin bereit, mit einem Kollegen im Krankenhaus..."

„Ich will Ihren Kollegen nicht ... ich bin zu Ihnen gekommen."

„Darf ich fragen, warum gerade zu mir?"

Sie sah mich kalt an.

„Ich habe keine Bedenken, es Ihnen zu sagen. Weil Sie abseits wohnen, weil Sie mich nicht kennen — weil Sie ein guter Arzt sind, und weil Sie..." — jetzt zögerte sie zum ersten Male — „wohl nicht mehr lange in dieser Gegend bleiben werden, besonders wenn Sie ... wenn Sie eine größere Summe nach Hause bringen können."

Mich überliefs kalt. Diese Kaufmannsklarheit der Berechnung betäubte mich. Bisher hatte sie ihre Lippen noch nicht zur Bitte aufgetan — aber alles längst auskalkuliert, mich erst umlauert und dann aufgespürt. Ich spürte, wie das Dämonische ihres Willens in mich eindrang, aber ich wehrte[3] mich mit all meiner Erbitterung. Noch einmal zwang ich mich, sachlich — ja fast ironisch zu sein. „Und diese große Summe würden Sie ... würden Sie mir zur Verfügung stellen?"

---

[1] **untersagen** — запрещать
[2] **Gelüst** — вожделение
[3] **wehren** — оказывать сопротивление

„Für Ihre Hilfe und sofortige Abreise."
„Wissen Sie, dass ich dadurch meine Pension verliere?"
„Ich werde sie Ihnen entschädigen[1]."
„Sie sind sehr deutlich ... Aber ich will noch mehr Deutlichkeit. Welche Summe haben Sie als Honorar in Aussicht genommen?"
„Zwölftausend Gulden, zahlbar auf Scheck in Amsterdam."
Ich ... zitterte ... ich zitterte vor Zorn und ... ja auch vor Bewunderung. Alles hatte sie berechnet, die Summe und die Art der Zahlung, durch die ich zur Abreise genötigt war, sie hatte mich gekauft, ohne mich zu kennen. Am liebsten hätte ich ihr ins Gesicht geschlagen ... Aber wie ich zitternd aufstand — auch sie war aufgestanden — und ihr gerade Auge in Auge starrte, da überkam mich plötzlich bei dem Blick auf diesen verschlossenen Mund, der nicht bitten, auf ihre hochmütige Stirn, die sich nicht beugen wollte ... eine ... eine Art gewalttätiger[2] Gier. Sie musste irgendetwas davon fühlen, denn sie spannte ihre Augenbrauen hoch: der Hass zwischen uns war plötzlich nackt. Ich wusste, sie hasste mich, weil sie mich brauchte, und ich hasste sie, weil ... weil sie nicht bitten wollte. Diese eine, diese eine Sekunde Schweigen sprachen wir zum ersten Mal ganz aufrichtig[3] zueinander. Dann biss sich plötzlich wie ein Reptil mir ein Gedanke ein, und ich sagte ihr ... ich sagte ihr ... Aber warten Sie, so würden Sie es falsch verstehen, was ich tat ...ich muss Ihnen erst erklären, wie ... wieso dieser wahnsinnige Gedanke in mich kam..." Wieder klirrte[4] leise im Dunkel das Glas. Und die Stimme wurde erregter.

---

[1] **entschädigen** — возмещать
[2] **gewalttägier** — насильственный
[3] **aufrichtig** — откровенный
[4] **klirren** — звенеть

Der Amokläufer

„Nicht, dass ich mich entschuldigen will... Aber Sie verstehen es sonst nicht ... Ich weiß nicht, ob ich je so etwas wie ein guter Mensch gewesen bin, aber ... ich glaube, hilfreich war ich immer ... In dem dreckigen Leben da drüben war das ja die einzige Freude, irgendeinem Stück Leben den Atem erhalten zu können ... so eine Art Herrgottsfreude ... Wirklich, es waren meine schönsten Augenblicke. So ein gelber Bursch kam, blauweiß vor Schrecken, einen Schlangenbiss im hochgeschwollenen Fuß, und schon heulte, man solle ihm das Bein nicht abschneiden, und ich kriegte es noch fertig, ihn zu retten. Auch so wie diese es wollte, habe ich geholfen, schon in Europa drüben in der Klinik. Aber da spürte man wenigstens, dass dieser Mensch einen *brauchte*, da wusste man, dass man jemand vom Tode rettete oder vor der Verzweiflung — und das braucht man eben selbst zum Helfen, dies Gefühl, dass der andere einen braucht. Aber diese Frau — ich weiß nicht, ob ich es Ihnen schildern kann — sie regte mich auf, reizte[1] mich von dem Augenblick, da sie scheinbar promenierend hereinkam, durch ihren Hochmut[2] zu einem Widerstand, sie reizte alles — wie soll ich sagen — sie reizte alles Versteckte, alles Böse in mir. Dass sie Lady spielte, unnahbar kühl ein Geschäft entrierte, wo es um Tod und Leben ging, das machte mich toll ... Und dann ... dann ... schließlich wird man doch nicht schwanger von den Golfspielen ... ich wusste ... das heißt, ich musste plötzlich mit einer — und das war jener Gedanke — mit einer entsetzlichen Deutlichkeit mich daran erinnern, dass diese Hochmütige, diese Kalte, die steil die Augenbrauen über ihre stählernen Augen hochzog, als ich sie nur abwehrend ... ja fast wegstoßend anblickte, dass sie sich zwei oder drei Monate vorher heiß im Bett mit einem Mann gewälzt hatte, nackt wie ein Tier und vielleicht stöhnend vor Lust,

---

[1] **reizen** — раздражать
[2] **Hochmut**, m — высокомерие

die Körper ineinander verbissen wie zwei Lippen ... Das, das war der brennende Gedanke, der mich überfiel, als sie mich so hochmütig, so kühl, ganz wie ein englischer Offizier anblickte ... und da, da spannte sich alles in mir ... ich war besessen von der Idee, sie zu erniedrigen[1] ... von dieser Sekunde sah ich durch das Kleid ihren Körper nackt ... von dieser Sekunde an lebte ich nur im Gedanken, sie zu besitzen, ein Stöhnen aus ihren harten Lippen zu pressen, diese Kalte, diese Hochmütige in Wollust zu fühlen so wie jener, jener andere, den ich nicht kannte. Das ... das wollte ich Ihnen erklären ... Ich habe nie, so verkommen[2] ich war, sonst als Arzt die Situation zu nutzen gesucht ... Aber diesmal war es ja nicht Geilheit[3], nichts Sexuelles, wahrhaftig nicht ... ich würde es ja eingestehen ... nur die Gier, eines Hochmuts Herr zu werden ... Herr als Mann ... Ich sagte es Ihnen, glaube ich, schon, dass hochmütige, scheinbar kühle Frauen von je über mich Macht hatten ... aber jetzt, jetzt kam noch dies dazu, dass ich sieben Jahre hier lebte, ohne eine weiße Frau gehabt zu haben, dass ich Widerstand nicht kannte ... Denn diese Mädchen hier, die zittern ja vor Ehrfurcht[4], wenn ein Weißer, ein „Herr", sie nimmt ... aber gerade diese Unterwürfigkeit[5], dieses Sklavische verschweint einem den Genuss ... Verstehen Sie jetzt, wie das dann auf mich wirkte, wenn da plötzlich eine Frau kam, voll von Hochmut und Hass, verschlossen bis an die Fingerspitzen, zugleich funkelnd von Geheimnis und beladen mit früherer Leidenschaft ... wenn eine solche Frau in den Käfig eines solchen Mannes, einer so vereinsamten, verhungerten, abgesperrten Menschenbestie eintritt ... Das

---

[1] **erniedrigen** — унижать
[2] **verkommen** — опускаться
[3] **Geilheit**, f — страстность
[4] **Ehrfurcht**, f — почтение
[5] **Unterwürfigkeit**, f — покорность

Der Amokläufer

... das wollte ich nur sagen, damit Sie das andere verstehen ... das, was jetzt kam. Also ... voll von irgendeiner bösen Gier, vergiftet von dem Gedanken an sie, nackt, ballte ich mich gleichsam zusammen und täuschte Gleichgültigkeit[1] vor. Ich sagte kühl: „Zwölftausend Gulden? ... Nein, dafür werde ich es nicht tun."

Sie sah mich an, ein wenig blass. Sie spürte wohl schon, dass in diesem Widerstand nicht Geldgier war. Aber doch sagte sie: „Was verlangen Sie also?"

Ich ging auf den kühlen Ton nicht mehr ein. „Spielen wir mit offenen Karten. Ich bin kein Geschäftsmann ... ich bin nicht der arme Apotheker aus Romeo und Julia, der für „corrupted gold" sein Gift verkauft ... ich bin vielleicht das Gegenteil eines Geschäftsmannes ... auf diesem Wege werden Sie Ihren Wunsch nicht erfüllt sehen."

„Sie wollen es also nicht tun?"

„Nicht für Geld."

Es wurde ganz still für eine Sekunde zwischen uns. So still, dass ich sie zum ersten Mal atmen hörte. „Was können Sie denn sonst wünschen?"

Jetzt hielt ich mich nicht mehr.

„Ich wünsche zuerst, dass Sie ... dass Sie zu mir nicht wie zu einem Krämer[2] reden, sondern wie zu einem Menschen. Dass Sie, wenn Sie Hilfe brauchen, nicht ... nicht gleich mit Ihrem schändlichen Geld kommen ... sondern bitten ... mich, den Menschen, bitten, Ihnen, dem Menschen, zu helfen ... Ich bin nicht nur Arzt, ich habe nicht nur Sprechstunden ... ich habe auch andere Stunden ... vielleicht sind Sie in eine solche Stunde gekommen..."

---

[1] **Gleichgültigkeit**, f — равнодушие
[2] **Krämer**, m — торгаш

Der Amokläufer

Sie schweigt einen Augenblick. Dann krümmt sich ihr Mund ganz leicht, zittert und sagt rasch: „Also wenn ich Sie bitten würde ... dann würden Sie es tun?"

„Sie wollen schon wieder ein Geschäft machen — Sie wollen nur bitten, wenn ich erst verspreche. Erst müssen Sie mich bitten — dann werde ich ihnen antworten."

Sie wirft den Kopf hoch wie ein trotziges Pferd. Zornig sieht sie mich an.

„Nein — ich werde Sie nicht bitten. Lieber zugrunde gehen[1]!"

Da packte mich der Zorn, der rote, sinnlose Zorn.

„Dann werde ich fordern, wenn Sie nicht bitten wollen. Ich glaube, ich muss nicht erst deutlich sein — Sie wissen, was ich von Ihnen begehre. Dann — dann werde ich ihnen helfen."

Einen Augenblick starrte sie mich an. Dann — oh, ich kann, ich kann nicht sagen, wie entsetzlich das war — dann spannten[2] sich ihre Züge, und dann ... dann *lachte* sie mit einem Male ...Es war wie eine Explosion, so plötzlich, so aufspringend, so mächtig losgesprengt von einer ungeheuren Kraft, dieses Lachen der Verächtlichkeit, dass ich ... ja, dass ich hätte zu Boden sinken können und ihre Füße küssen. Eine Sekunde dauerte es nur ... es war wie ein Blitz, und ich hatte das Feuer im ganzen Körper ... da wandte sie sich schon und ging hastig auf die Tür zu. Unwillkürlich wollte ich ihr nach ... mich entschuldigen ... sie anflehen ... meine Kraft war ja ganz zerbrochen ... da kehrte sie sich noch einmal um und sagte ... nein, sie *befahl*: „Unterstehen[3] Sie sich nicht, mir zu folgen oder nachzuspüren ... Sie würden es bereuen." Und schon krachte hinter ihr die Türe zu."

---

[1] **zugrunde gehen** — гибнуть
[2] **spannen** — окаменеть
[3] **unterstehen** — осмеливаться

Der Amokläufer

Wieder ein Zögern. Wieder ein Schweigen ... Wieder nur dies Rauschen, als ob das Mondlicht strömte. Und dann endlich wieder die Stimme. „Die Tür schlug zu ... aber ich stand unbeweglich an der Stelle ... ich war gleichsam hypnotisiert von dem Befehl ... ich hörte sie die Treppe hinabsteigen, die Haustür zumachen ... ich hörte alles, und mein ganzer Wille drängte ihr nach ... sie ... ich weiß nicht was ... sie zurückzurufen oder zu schlagen oder zu erdrosseln[1] ... aber ihr nach ... ihr nach ... Und doch konnte ich nicht. Meine Glieder[2] waren gleichsam gelähmt[3] wie von einem elektrischen Schlag ... ich war eben getroffen von dem herrischen Blitz dieses Blickes ... Ich weiß, das ist nicht zu erklären, nicht zu erzählen ... aber ich stand und stand ... ich brauchte Minuten, vielleicht fünf, vielleicht zehn Minuten, ehe ich einen Fuß wegreißen konnte von der Erde. ... Aber kaum dass ich einen Fuß gerührt, war ich schon heiß, war ich schon rasch ......Sie konnte ja nur die Straße hinabgegangen sein zur Zivilstation ... ich stürzte in den Schuppen, das Rad zu holen, sehe, dass ich den Schlüssel vergessen habe, reiße den Verschlag auf, dass der Bambus splittert und kracht[4] ... und schon schwinge ich mich auf das Rad und sause ihr nach ... ich muss sie ... ich muss sie erreichen, ehe sie zu ihrem Automobil gelangt ... ich muss sie sprechen ... Die Straße staubt an mir vorbei ... jetzt merke ich erst, wie lange ich oben gestanden haben musste ... da ... auf der Kurve im Wald knapp vor der Station sehe ich sie, wie sie hastig mit steifem geradem Schritt hineilt, begleitet von dem Boy ... Aber auch sie muss mich gesehen haben, denn sie spricht jetzt mit dem Boy, der zurückbleibt, und geht allein weiter.

---

[1] **erdrosseln** — задушить
[2] **Glied**, n — конечность
[3] **gelähmt** — парализованный
[4] **krachen** — грохотать

Der Amokläufer

... Was will sie tun? Warum will sie allein sein? ... Will sie mit mir sprechen, ohne dass er es hört? ... Blindwütig trete ich in die Pedale hinein ... Da springt mir plötzlich quer von der Seite etwas über den Weg ... der Boy ... ich kann gerade noch das Rad zur Seite reißen und krache hin ... Ich stehe fluchend auf ... unwillkürlich hebe ich die Faust,[1] um dem Tölpel[2] eines hinzuknallen, aber er springt zur Seite ... Ich rüttle mein Fahrrad hoch, um wieder aufzusteigen ... Aber da springt der Halunke[3] vor, fasst das Rad und sagt in seinem erbärmlichen Englisch: „You remain here[4]."

Sie haben nicht in den Tropen gelebt ... Sie wissen nicht, was das für eine Frechheit ist, wenn ein solcher gelber Halunke einem weißen „Herrn" das Rad fasst und ihm, dem „Herrn" befiehlt, dazubleiben. Statt aller Antwort schlage ich ihm die Faust ins Gesicht ... er taumelt[5], aber er hält das Rad fest ... seine Augen, seine engen, feigen Augen sind weit aufgerissen in sklavischer Angst ... aber er hält die Stange, hält sie teuflisch fest ... „You remain here", stammelt er noch einmal. Zum Glück hatte ich keinen Revolver bei mir. Ich hätte ihn sonst niedergeknallt. „Weg, Kanaille!" sage ich nur. Er starrt mich geduckt[6] an, lässt aber die Stange nicht los. Ich schlage ihm noch einmal auf den Schädel, er lässt noch immer nicht. Da fasst mich die Wut ... ich sehe, dass sie schon fort, vielleicht schon entkommen ist ... und versetze ihm einen Boxerschlag unters Kinn, dass er runterfällt. Jetzt habe ich wieder mein Rad ... aber wie ich aufspringe, stockt[7] der Lauf ... bei dem Zerren hat sich die

---

[1] **Faust**, f — кулак
[2] **Tölpel**, m — увалень
[3] **Halunke**, m — негодяй
[4] **You remain here** (англ) — Вы остаётесь здесь.
[5] **taumeln** — шататься
[6] **geduckt** — сгорбившись
[7] **stocken** — застревать

Der Amokläufer

Speiche[1] verbogen ... Ich versuche mit fiebernden Händen sie geradezudrehen ... Es geht nicht ... so schmeiße ich das Rad quer auf den Weg neben den Halunken hin, der blutend aufsteht und zur Seite weicht ... Und dann — nein, Sie können nicht fühlen, wie lächerlich das dort vor allen Menschen ist, wenn ein Europäer ... nun, ich wusste nicht mehr, was ich tat ... ich hatte nur den einen Gedanken: ihr nach, sie erreichen ... und so lief ich, lief wie ein Rasender[2] die Landstraße entlang vorbei an den Hütten, wo das gelbe Gesindel staunend sich vordrängte, einen weißen Mann, den Doktor, laufen zu sehen.

Schweißtriefend kam ich in der Station an ... Meine erste Frage: Wo ist das Auto? ... Eben weggefahren ... Verwundert sehen mich die Leute an: als Rasender muss ich ihnen erscheinen, wie ich da nass und schmierig[3] ankam, die Frage voranschreiend, ehe ich noch stand ... Unten an der Straße sehe ich weiß den Qualm des Autos wirbeln ... es ist ihr gelungen ... gelungen, wie alles ihrer harten, grausam harten Berechnung gelingen muss.

Aber die Flucht hilft ihr nichts ... In den Tropen gibt es kein Geheimnis unter den Europäern ... einer kennt den andern, alles wird zum Ereignis ... Nicht umsonst ist ihr Chauffeur eine Stunde im Bungalow der Regierung gestanden ... in einigen Minuten weiß ich alles ... Weiß, wer sie ist ... dass sie unten in — nun in der Regierungsstadt wohnt, acht Eisenbahnstunden von hier ... dass sie — nun sagen wir, die Frau eines Großkaufmannes ist, rasend reich, vornehm, eine Engländerin ... ich weiß, dass ihr Mann jetzt fünf Monate in Amerika war und nächster Tage eintreffen soll, um sie mit nach Europa zu nehmen ... Sie aber —

---
[1] **Speiche**, f — спица
[2] **rasend** — бешеный
[3] **schmierig** — грязный

und wie Gift brennt sich mir der Gedanke in die Adern hinein — sie kann höchstens zwei oder drei Monate in anderen Umständen sein..."

„Bisher konnte ich Ihnen noch alles begreiflich machen ... vielleicht nur deshalb, weil ich bis zu diesem Augenblicke mich noch selbst verstand ... mir als Arzt immer die Diagnose meines Zustandes selbst stellte. Aber von da an begann es wie ein Fieber in mir ... ich verlor die Kontrolle über mich ... das heißt, ich wusste genau, wie sinnlos alles war, was ich tat; aber ich hatte keine Macht mehr über mich ... ich verstand mich selbst nicht mehr ... ich lief nur in der Besessenheit meines Zieles vorwärts ... Übrigens, warten Sie ... vielleicht kann ich es Ihnen doch begreiflich machen ... Wissen Sie, was Amok ist?"

„Amok? ... ich glaube mich zu erinnern ... eine Art Trunkenheit bei den Malaien..."

„Es ist mehr als Trunkenheit ... es ist Tollheit[1], eine Art menschlicher Hundswut ... ein Anfall mörderischer, sinnloser Monomanie, der sich mit keiner anderen alkoholischen Vergiftung vergleichen lässt ... ich habe selbst während meines Aufenthaltes einige Falle studiert — für andere ist man ja immer sehr klug und sehr sachlich — ohne aber je das furchtbare Geheimnis ihres Ursprungs freilegen zu können ... Irgendwie hängt es mit dem Klima zusammen, mit dieser schwülen[2] Atmosphäre, die auf die Nerven wie ein Gewitter drückt, bis sie einmal losspringen...

Also Amok ... ja, Amok, das ist so: Ein Malaie, irgendein ganz einfacher Mensch, trinkt sein Gebräu[3] in sich hinein ... er sitzt da, stumpf, gleichmütig... so wie ich in meinem Zimmer saß ... und plötzlich springt er auf, fasst

---

[1] **Tollheit**, f — сумасшествие
[2] **schwül** — душный
[3] **Gebräu**, n — питьё

Der Amokläufer

den Dolch[1] und rennt auf die Straße ... rennt geradeaus, immer nur geradeaus ... ohne zu wissen wohin ... Was ihm in den Weg tritt, Mensch oder Tier, das stößt er nieder mit seinem Kris, und der Blutrausch macht ihn nur noch hitziger ... Er rennt, rennt, rennt, sieht nicht mehr nach rechts, sieht nicht nach links, rennt nur mit seinem gellen Schrei, seinem blutigen Kris in dieses entsetzliche Geradeaus ... Die Leute in den Dörfern wissen, dass keine Macht einen Amokläufer aufhalten kann ... so brüllen sie warnend voraus, wenn er kommt: „Amok! Amok!", und alles flüchtet ... er aber rennt, ohne zu hören, rennt, ohne zu sehen, stößt nieder, was ihm begegnet ... bis man ihn totschießt wie einen tollen Hund oder er selbst schäumend zusammenbricht...

Einmal habe ich das gesehen, vom Fenster meines Bungalows aus ... es war grauenhaft ... aber nur dadurch, dass ich gesehen habe, begreife ich mich selbst in jenen Tagen ... denn so, genau so, mit diesem furchtbaren Blick geradeaus, ohne nach rechts oder links zusehen, mit dieser Besessenheit stürmte ich los ... dieser Frau nach ... Ich weiß nicht mehr, wie ich alles tat, in so rasendem Lauf, in so unsinniger Geschwindigkeit flog es vorbei ... Zehn Minuten, nein, fünf, nein zwei ... nachdem ich alles von dieser Frau wusste, ihren Namen, ihr Haus, ihr Schicksal, jagte ich schon auf einem rasch geborgten Rad in mein Haus zurück, warf einen Anzug in den Koffer, steckte Geld zu mir und fuhr zur Station der Eisenbahn mit meinem Wagen ... fuhr, ohne mich abzumelden beim Distriktbeamten ... ohne einen Vertreter zu ernennen, ließ das Haus offen stehen und liegen, wie es war ... Um mich standen Diener, die Weiber staunten und fragten, ich antwortete nicht, wandte mich nicht um ... fuhr zur Eisenbahn und mit dem nächsten Zug hinab in die Stadt ... Eine Stunde

---
[1] **Dolch**, n — кинжал

Der Amokläufer

im Ganzen, nachdem diese Frau in mein Zimmer getreten, hatte ich meine Existenz hinter mich geworfen und rannte Amok ins Leere hinein ... Geradeaus rannte ich, mit dem Kopf gegen die Wand ... um sechs Uhr abends war ich angekommen ... um sechs Uhr zehn war ich in ihrem Haus und ließ mich melden ... Es war ... Sie werden es verstehen ... das Sinnloseste, das Stupideste, was ich tun konnte ...aber der Amokläufer rennt ja mit leeren Augen, er sieht icht, wohin er rennt ... Nach einigen Minuten kam der Diener zurück ... höflich und kühl ... die gnädige Frau sei nicht wohl und könne nicht empfangen ... Ich taumelte[1] die Türe hinaus ... Eine Stunde schlich ich noch um das Haus herum, besessen von der wahnwitzigen Hoffnung, sie würde vielleicht nach mir suchen ... dann nahm ich mir erst ein Zimmer im Strandhotel und zwei Flaschen Whisky auf das Zimmer ... die und eine doppelte Dosis Veronal halfen mir ... ich schlief endlich ein ... und dieser dumpfe Schlaf war die einzige Pause in diesem Rennen zwischen Leben und Tod."

Die Schiffsglocke klang. Zwei harte, volle Schläge. Der Mensch im Dunkeln mir gegenüber musste erschreckt aufgefahren sein, seine Rede stockte. Wieder hörte ich die Hand hinab zur Flasche fingern, wieder das leise Glucksen. Dann begann er, gleichsam beruhigt, mit einer festeren Stimme. „Die Stunden von diesem Augenblick an kann ich Ihnen kaum erzählen. Ich glaube heute, dass ich damals Fieber hatte, jedenfalls war ich in einer Art Überreiztheit, die an Tollheit grenzte — ein Amokläufer, wie ich Ihnen sagte. Aber vergessen Sie nicht, es war Dienstagnachts, als ich ankam, Samstag aber sollte — dies hatte ich inzwischen erfahren — ihr Gatte mit dem P. & O.-Dampfer von Yokohama eintreffen, es blieben also nur drei Tage, drei knappe Tage für den Entschluss

---

[1] **taumeln** — шататься

Der Amokläufer

und für die Hilfe. Verstehen Sie das: ich wusste, dass ich ihr sofort helfen musste, und konnte doch kein Wort zu ihr sprechen. Und gerade dieses Bedürfnis, das hetzte[1] mich weiter. Ich wusste um die Kostbarkeit jedes Augenblickes, ich wusste, dass es für sie um Leben und Tod ginge, und hatte doch keine Möglichkeit, mit einem Zeichen ihr zu nähern, denn gerade das Stürmische[2] meines Nachrennens hatte sie erschreckt. Es war ... ja, warten Sie... es war, wie wenn einer einem nachrennt, um ihn zu warnen vor einem Mörder, und der andere hält ihn selbst für den Mörder, und so rennt er weiter in sein Verderben ... sie sah nur den Amokläufer in mir, der sie verfolgte, um sie zu demütigen, aber ich ... das war ja der entsetzliche Widersinn ... ich dachte gar nicht mehr an das ... ich war ja schon ganz vernichtet, ich wollte ihr nur helfen, ihr nur dienen ... einen Mord hätte ich getan, ein Verbrechen, um ihr zu helfen ... Aber sie, sie verstand es nicht. Als ich morgens aufwachte und gleich wieder hinlief zu ihrem Haus, stand der Boy vor der Tür, derselbe Boy, den ich ins Gesicht geschlagen, und wie er mich von ferne sah — er musste auf mich gewartet haben, — huschte er hinein in die Tür. Vielleicht tat er es nur, um mich im geheimen anzumelden ... vielleicht ... ah, diese Ungewissheit, wie peinigt[3] sie mich jetzt ... vielleicht war schon alles bereit, mich zu empfangen ... aber da, wie ich ihn sah, mich erinnerte an meine Schmach, da war ich es wieder, der nicht wagte, noch einmal den Besuch zu wiederholen ... Die Knie zitterten mir. Knapp vor der Schwelle drehte ich mich um und ging wieder fort ... ging fort, während sie vielleicht in ähnlicher Qual auf mich wartete.

---

[1] **hetzen** — травить
[2] **stürmisch** — буйный
[3] **peinigen** — мучить

Der Amokläufer

Ich wusste jetzt nicht mehr, was tun in der fremden Stadt, die an meinen Fersen wie Feuer glühte ... Plötzlich fiel mir etwas ein, schon rief ich einen Wagen und fuhr zum Vizeresidenten, zu demselben, dem ich damals in meiner Station geholfen, und ließ mich melden ... Irgendetwas muss schon in meinem äußern Wesen befremdend gewesen sein, denn er sah mich mit einem gleichsam erschreckten Blick an, und seine Höflichkeit hatte etwas Beunruhigtes ... vielleicht erkannte er schon den Amokläufer in mir ... Ich sagte ihm kurz entschlossen, ich erbäte meine Versetzung in die Stadt, ich könne auf meinem Posten nicht mehr länger existieren ... ich müsse sofort übersiedeln ... Er sah mich ... ich kann Ihnen nicht sagen, wie er mich ansah ... so wie eben ein Arzt einen Kranken ansieht ... „Ein Nervenzusammenbruch, lieber Doktor", sagte er dann, „ich verstehe das nur zu gut. Nun, es wird sich schon richten lassen; aber warten Sie ... sagen wir vier Wochen ... ich muss erst einen Ersatz finden." „Ich kann nicht warten, nicht einen Tag", antwortete ich. Wieder kam dieser merkwürdige Blick.

„Es muss gehen, Doktor", sagte er ernst, „wir dürfen die Station nicht ohne Arzt lassen. Aber ich verspreche Ihnen, dass ich noch heute alles einleite." Ich blieb stehen, mit verbissenen Zähnen: zum ersten Mal spürte ich deutlich, dass ich ein verkaufter Mensch sei. Schon ballte sich alles zu einem Trotz[1] zusammen, aber er, der Geschmeidige, kam mir zuvor: „Sie sind menschenentwöhnt, Doktor, und das wird schließlich eine Krankheit. Wir haben uns alle gewundert, dass Sie nie herkamen, nie Urlaub nahmen. Sie brauchen mehr Anregung[2]. Kommen Sie doch wenigstens diesen Abend, wir haben heute Empfang bei der Regierung, Sie finden die ganze Kolonie, und manche möchten Sie

---

[1] **Trotz**, m — своенравие
[2] **Anregung**, f — стимул

Der Amokläufer

längst kennen lernen, haben oft nach Ihnen gefragt und Sie hierher gewünscht." Das letzte Wort riss mich auf. Nach mir gefragt? Sollte sie es gewesen sein? Ich war plötzlich ein anderer: sofort dankte ich ihm höflichst für seine Einladung und sicherte mein Kommen pünktlich zu. Und ich war auch pünktlich, viel zu pünktlich. Muss ich Ihnen erst sagen, dass ich, von meiner Ungeduld gejagt, der erste in dem großen Saale des Regierungsgebäudes war, schweigend umgeben von den gelben Dienern. Eine Viertelstunde war ich der einzige Europäer inmitten all der geräuschlosen Vorbereitungen und so allein mit mir, dass ich das Ticken der Uhr in meiner Westentasche hörte. Dann kamen endlich ein paar Regierungsbeamte mit ihren Familien, schließlich auch der Gouverneur, der mich in ein längeres Gespräch zog, in dem ich befliss und, wie ich glaube, geschickt antwortete, bis ... bis ich plötzlich, von einer geheimnisvollen Nervosität befallen, alle Geschmeidigkeit[1] verlor und zu stammeln[2] begann. Obzwar mit dem Rücken gegen die Saaltür gelehnt, spürte ich mit einem Male, dass sie eingetreten, dass sie anwesend sein müsste. Glücklicherweise endete der Gouverneur bald das Gespräch — ich glaubte, ich hätte mich sonst plötzlich brüsk[3] umgewandt, so stark war dieses geheimnisvolle Ziehen in meinen Nerven.

Und wirklich, kaum dass ich mich umwandte, sah ich sie schon ganz genau an jener Stelle, wo sie unbewusst mein Gefühl geahnt. Sie stand in einem gelben Ballkleid, plaudernd inmitten einer Gruppe. Ich trat näher — sie konnte mich nicht sehen oder wollte mich nicht sehen — und blickte in dieses Lächeln, das gefällig und höflich um die schmalen Lippen zitterte. Und dieses Lächeln be-

---
[1] **Geschmeidigkeit**, f — покорность
[2] **stammeln** — запинаться
[3] **Brüsk** — резкий

rauschte mich von neuem, weil es ... nun weil ich wusste, dass es Lüge war, Kunst oder Technik, Meisterschaft der Verstellung. Mittwoch ist heute, fuhr mir durch den Kopf, Samstag kommt das Schiff mit dem Gatten ... wie kann sie so lächeln, so ... so sicher, so sorglos lächeln und den Fächer lässig in der Hand spielen lassen, statt ihn zu zerkrampfen[1] in Angst?

Ich ... ich, der Fremde ... ich zitterte seit zwei Tagen vor jener Stunde ... ich, der Fremde, lebte ihre Angst und sie ging auf den Ball und lächelte, lächelte, lächelte ...Rückwärts setzte die Musik ein. Der Tanz begann. Ein älterer Offizier hatte sie aufgefordert, sie ließ mit einer Entschuldigung den plaudernden Kreis und schritt an seinem Arm gegen den andern Saal zu, an mir vorbei. Wie sie mich erblickte, spannte sich plötzlich ihr Gesicht gewaltsam zusammen — aber nur eine Sekunde lang, dann nickte sie mir mit einem höflichen Erkennen (ehe ich mich noch zu grüßen oder nichtgrüßen entschlossen hatte) wie einem zufälligen Bekannten zu: „Guten Abend, Doktor" und war schon vorbei. Niemand hätte ahnen können, was in diesem graugrünen Blick verborgen war, und ich, ich selbst wusste es nicht. Warum grüßte sie ... warum erkannte sie mich nun mit einmal an? ... War das Abwehr[2], war es Annäherung, war es nur die Verlegenheit der Überraschung? Ich kann Ihnen nicht schildern, in welcher Erregtheit[3] ich zurückblieb, alles war in mir zusammengepresst, und wie ich sie so sah, lässig walzend am Arme des Offiziers, auf der Stirne den kühlen Glanz der Sorglosigkeit, indes ich doch wüsste, dass sie ... dass sie so wie ich nur *daran* ... daran dachte ... dass wir zwei hier allein ein furchtbares Geheimnis gemeinsam hat-

---

[1] **zerkrampfen** — комкать
[2] **Abwehr**, f — самозащита
[3] **Erregheit**, f — взволнованность

Der Amokläufer

ten ... und sie walzte ... in diesen Sekunden wurde meine Angst und meine Bewunderung noch mehr Leidenschaft als jemals. Ich weiß nicht, ob mich jemand beobachtet hat, aber gewiss verriet ich mich in meinem Verhalten noch viel mehr, als sie sich verbarg — ich konnte eben nicht in eine andere Richtung schauen, ich musste sie ansehen. Und sie musste diesen starren Blick unangenehm empfunden haben. Als sie am Arme ihres Tänzers zurückschritt, sah sie mich im Blitzlicht einer Sekunde an, scharf befehlend: wieder spannte sich jene kleine Falte des hochmütigen Zornes, die ich schon von damals kannte, böse über ihrer Stirn.

Aber ... aber ... ich sagte es Ihnen ja ... ich lief Amok, ich sah nicht nach rechts und nicht nach links. Ich verstand sie sofort — dieser Blick hieß: sei nicht auffällig[1]! Ich wusste, dass sie ... wie soll ich es sagen? ... dass sie Diskretion des Benehmens hier im offenen Saal von mir wollte ... ich verstand, dass, wenn ich jetzt heimginge, ich morgen gewiss sein könne, von ihr empfangen zu werden ... aber es war zu stark in mir, ich musste sie sprechen. Und so schwankte ich hin zu der Gruppe, in der sie plaudernd stand, schob mich — obwohl ich nur einige der Anwesenden kannte — ganz an den lockeren Kreis heran nur aus Begier, sie sprechen zu hören. Ich stand, durstig nach einem Wort, das sie zu mir sprechen sollte, nach einem Zeichen des Einverständnisses, stand und stand starren Blickes inmitten des Geplauders wie ein Block. Unbedingt musste es schon auffällig geworden sein, unbedingt, denn keiner richtete ein Wort an mich, und sie musste leiden unter meiner lächerlichen Gegenwart[2].

Wie lange ich so gestanden hätte, ich weiß es nicht ... eine Ewigkeit vielleicht ... ich konnte ja nicht fort aus die-

---
[1] **auffälig** — выделяющийся
[2] **Gegenwart**, f — присутствие

ser Bezauberung des Willens. Sie ertrug es nicht länger ... plötzlich wandte sie sich mit der prachtvollen[1] Leichtigkeit ihres Wesens gegen die Herren und sagte: „Ich bin ein wenig müde ... ich will heute einmal früher zu Bett gehen ... Gute Nacht!" ... und schon streifte sie mit einem gesellschaftlich fremden Kopfnicken an mir vorbei...

Eine Sekunde lang dauerte es, bevor ich begriff, dass sie fortging ... dass ich sie nicht mehr sehen, nicht mehr sprechen könnte diesen Abend, diesen letzten Abend der Rettung ... einen Augenblick lang also stand ich noch starr, bis ich begriff ... dann ... Aber warten Sie ... warten Sie ... Sie werden sonst das Sinnlose, das Stupide meiner Tat nicht verstehen ... ich muss Ihnen erst den ganzen Raum schildern ... Es war der große Saal des Regierungsgebäudes, ganz von Lichtern erhellt und fast leer, der ungeheure Saal ... die Paare waren zum Tanz gegangen, die Herren zum Spiel ... nur an den Ecken plauderten einige Gruppen ... der Saal war also leer, jede Bewegung auffällig und im grellen[2] Licht sichtbar ... und diesen großen weiten Saal schritt sie langsam und leicht mit ihren hohen Schultern durch... mit dieser herrlichen erfrorenen hoheitlichen Ruhe, die mich an ihr so entzückte ... Ich ... ich war zurückgeblieben, ich sagte es Ihnen ja, ich war gleichsam gelähmt[3], bevor ich es begriff, dass sie fortging ... und da, als ich es begriff, war sie schon am andern Ende des Saales knapp vor der Türe ... Da ... oh, ich schäme mich jetzt noch, es zu denken ... da packte es mich plötzlich an und ich lief — hören Sie: ich lief ... ich ging nicht, ich lief mit polternden[4] Schuhen, die laut widerhallten, quer durch den Saal ihr nach ... Ich

---

[1] **prachtvoll** — блистательно
[2] **grell** — яркий
[3] **gelähmt** — парализованный
[4] **poltern** — стучать

Der Amokläufer

hörte meine Schritte, ich sah alle Blicke erstaunt auf mich gerichtet ... ich hätte vergehen können vor Scham ... noch während ich lief, war mir schon der Wahnsinn bewusst ... aber ich konnte ... ich konnte nicht mehr zurück ... Bei der Tür holte ich sie ein ... Sie wandte sich um ... ihre Augen stießen wie ein grauer Stahl in mich hinein, ihre Nasenflügel zitterten vor Zorn ... ich wollte eben zu stammeln anfangen ... da ... da ... *lachte* sie plötzlich hellauf ... ein helles, unbesorgtes, herzliches Lachen, und sagte laut ... so laut, dass es alle hören konnten ... „Ach, Doktor, jetzt fällt Ihnen erst das Rezept für meinen Buben ein ... ja, die Herren der Wissenschaft..." Ein paar, die in der Nähe standen, lachten gutmütig mit ... ich begriff, ich taumelte unter der Meisterschaft, mit der sie die Situation gerettet hatte ... griff in die Brieftasche und riss ein leeres Blatt vom Block, das sie lässig nahm, ehe sie ... noch einmal mit einem kalten, dankenden Lächeln ... ging ... Mir war leicht in der ersten Sekunde ... ich sah, dass mein Irrsinn durch ihre Meisterschaft gutgemacht, die Situation gewonnen ... aber ich wusste auch sofort, dass alles für mich verloren sei, dass diese Frau mich um meiner hitzigen Narrheit[1] hasste ... hasste mehr als den Tod ... dass ich nun hundertmal und hundertmal vor ihre Tür kommen könnte und sie mich wegweisen würde wie einen Hund.

Ich taumelte durch den Saal ... ich merkte, dass die Leute auf mich blickten ... ich muss irgendwie sonderbar ausgesehen haben ... Ich ging zum Büfett, trank zwei, drei, vier Gläser Kognak hintereinander ... das rettete mich vor dem Umsinken ... meine Nerven konnten schon nicht mehr, sie waren wie durchgerissen ... Dann schlich ich bei einer Nebentür hinaus, heimlich wie ein Verbrecher ... ich ging

---

[1] **Narrheit**, f — сумасбродство

Der Amokläufer

... genau weiß ich nicht mehr zu sagen, wohin ich ging ... in ein paar Kneipen und soff mich an ... soff mich an wie einer, der sich alles Wache wegsaufen will ... aber ... es ward mir nicht dumpf in den Sinnen ... das Lachen stak in mir, schrill und böse ... das Lachen, dieses verfluchte Lachen konnte ich nicht betäuben ... Ich irrte dann noch am Hafen herum ... meinen Revolver hatte ich zu Hause gelassen, sonst hätte ich mich erschossen. Ich dachte an nichts anderes, und mit diesem Gedanken ging ich auch heim ... nur mit diesem Gedanken an das Schubfach links im Kasten, wo mein Revolver lag ... Das ich mich dann nicht erschoss ... ich schwöre Ihnen, das war nicht Feigheit ... es wäre für mich eine Erlösung gewesen, den schon gespannten kalten Hahn abzudrücken ... aber wie soll ich es Ihnen erklären ... ich fühlte noch eine Pflicht in mir ... ja, jene Pflicht, zu helfen, jene verfluchte Pflicht ... mich machte der Gedanke wahnsinnig, dass sie mich noch brauchen könnte, dass sie mich brauchte ... es war ja schon Donnerstag morgens, als ich heimkam, und Samstag ... ich sagte es Ihnen ja ... Samstag kam das Schiff, und dass *diese* Frau, diese hochmütige, stolze Frau die Schande[1] vor ihrem Gatten, vor der Welt nicht überleben würde, das wusste ich ... Ah, wie mich solche Gedanken gemartert[2] haben an die sinnlos kostbare Zeit, an meine irrwitzige[3] Übereilung, die jede rechtzeitige Hilfe vereitelt hatte ... stundenlang, ja stundenlang, ich schwöre es Ihnen, bin ich im Zimmer niedergegangen, auf und ab, und habe mir das Hirn zermartert, wie ich alles gutmachen, wie ich ihr helfen könnte ... ... es war schon Tag, es war schon Vormittag ... Und plötzlich schmiss es mich hin zu dem Tisch ... ich riss ein Bündel Briefblätter heraus und begann ihr zu schreiben

---

[1] **Schande**, f — позор
[2] **martern** — мучить
[3] **irrwitzig** — безумный

Der Amokläufer

... alles zu schreiben ... einen hündisch Brief, in dem ich sie um Vergebung bat, in dem ich mich einen Wahnsinnigen, einen Verbrecher nannte ... in dem ich sie beschwor, sich mir anzuvertrauen ... Ich schwor, in der nächsten Stunde zu verschwinden, aus der Stadt, aus der Kolonie, wenn sie wollte: aus der Welt ... nur verzeihen sollte sie mir und mir vertrauen, sich helfen zu lassen in der letzten, der allerletzten Stunde ... Zwanzig Seiten fieberte ich so hinunter ... es muss ein toller, ein unbeschreiblicher Brief sein, denn als ich aufstand vom Tisch, war ich in Schweiß gebadet[1] ... das Zimmer schwankte, ich musste ein Glas Wasser trinken ... Dann erst versuchte ich den Brief noch einmal zu überlesen, aber mir graute nach den ersten Worten ... zitternd faltete ich ihn zusammen, fasste schon ein Kuvert ... Da plötzlich fuhr mich durch. Mit einem Male wusste ich das wahre, das entscheidende Wort. Und ich riss noch einmal die Feder zwischen die Finger und schrieb auf das letzte Blatt: „Ich warte hier im Strandhotel auf ein Wort der Verzeihung. Wenn ich bis sieben Uhr keine Antwort habe, erschieße ich mich."

Dann nahm ich den Brief, schellte einem Boy und hieß ihn das Schreiben sofort überbringen. Endlich war alles gesagt — alles!"

Etwas klirrte und kollerte[2] neben uns. Mit einer heftigen Bewegung hatte er die Whiskyflasche umgestoßen; ich hörte, wie seine Hand ihr suchend am Boden nachtastete und sie dann mit einem plötzlichen Schwung fasste: in weitem Bogen warf er die geleerte Flasche über Bord. Einige Minuten schwieg die Stimme, dann fieberte er wieder fort, noch erregter und hastiger als zuvor.

„Ich bin kein gläubiger Christ mehr ... für mich gibt es keinen Himmel und keine Hölle ... und wenn es eine gibt,

---
[1] **In Schweiß gebadet** — находиться в поту
[2] **kollern** — катиться

so fürchte ich sie nicht, denn sie kann nicht ärger sein als jene Stunden, die ich von Vormittag bis abends erlebte ... Denken Sie sich ein kleines Zimmer, nur Tisch und Stuhl und Bett ... Und auf diesem Tisch nichts als eine Uhr und einen Revolver und vor dem Tisch einen Menschen ... einen Menschen, der nichts tut als immer auf diesen Tisch, auf den Sekundenzeiger der Uhr starren einen Menschen, der nicht isst und nicht trinkt und nicht raucht und sich nicht regt ... der immer nur ... hören Sie: immer nur, drei Stunden lang ... auf den weißen Kreis des Zifferblattes starrt und auf den Zeiger, der tickend den Kreis umläuft ... So ... so ... habe ich diesen Tag verbracht, nur gewartet... aber gewartet wie ... wie eben ein Amokläufer etwas tut, sinnlos, tierisch.

Nun ... ich werde Ihnen diese Stunden nicht schildern das lässt sich nicht schildern ... ich verstehe ja selbst nicht mehr, wie man das erleben kann ohne ... ohne wahnsinnig zu werden ... Also ... um drei Uhr zweiundzwanzig Minuten ... ich weiß es genau, ich starrte ja auf die Uhr ... klopfte es plötzlich an die Tür ... Ich springe auf mit einem Ruck durch das ganze Zimmer zur Tür, reiße sie auf ... ein ängstlicher kleiner Chinesenjunge steht draußen, einen zusammengefalteten Zettel in der Hand.

Ich reiße den Zettel auf, will ihn lesen ... und kann ihn nicht lesen ... Mir schwankt es rot vor den Augen ... denken Sie die Qual, ich habe endlich, endlich das Wort von ihr! ...Ich tauche den Kopf ins Wasser ... nun wird mir klarer ... Nochmals nehme ich den Zettel und lese: „Zu spät! Aber warten Sie zu Hause. Vielleicht rufe ich Sie noch."

Keine Unterschrift auf dem zerknüllten Papier, das von irgendeinem alten Prospekt abgefetzt war ... ich weiß nicht, warum mich das Blatt so erschütterte[1] ... Irgendetwas von Grauen, von Geheimnis haftete ihm an, es war wie auf

---

[1] **erschüttern** — сотрясать

Der Amokläufer

einer Flucht geschrieben... und doch... und doch, ich war glücklich: sie hatte mir geschrieben, ich musste noch nicht sterben, ich durfte ihr helfen ... vielleicht ... ich durfte ... Hundertmal, tausendmal habe ich den kleinen Zettel gelesen, ihn geküsst ... ihn durchforscht nach irgendeinem vergessenen, übersehenen Wort ... Plötzlich schreckte ich auf ... Hatte es nicht geklopft? ... Ich hielt den Atem an ... eine Minute, zwei Minuten reglose Stille ... Und dann wieder ganz leise, so wie eine Maus knabbert, ein leises aber heftiges Pochen[1] ... Ich sprang auf, noch ganz taumelig, riss die Tür auf — draußen stand der Boy, ihr Boy, derselbe, dem ich den Mund damals mit der Faust zerschlagen ... sein braunes Gesicht war aschfahl[2], sein verwirrter Blick sagte Unglück ... Sofort spürte ich Grauen...

„Was ... was ist geschehen?" konnte ich noch stammeln. „Come quickly", sagte er ... sonst nichts ... sofort raste ich die Treppe herunter, er mir nach...

Ein kleiner Wagen, stand bereit, wir stiegen ein ... „Was ist geschehen?" fragte ich ihn ... Er sah mich zitternd an und schwieg mit verbissenen Lippen ... Ich fragte nochmals — er schwieg und schwieg. — Ich hätte ihm am liebsten wieder ins Gesicht geschlagen mit der Faust, aber ... gerade seine hündische Treue[3] zu ihr rührte mich ... so fragte ich nicht mehr ... Endlich kamen wir in eine enge Gasse, ganz abseits lag sie ... vor einem niederen Haus hielt er an ... Hastig klopfte der Boy an ... Hinter dem Türspalt zischelte[4] eine Stimme, fragte und fragte ... Ich konnte es nicht mehr ertragen, sprang vom Sitz, stieß die angelehnte Tür auf ...ein altes chinesisches Weib flüchtete mit einem kleinen Schrei zurück ... hinter mir kam der Boy, führte

---

[1] **pochen** — стучать
[2] **aschfal** — пепельный
[3] **Treue**, f — верность
[4] **zischeln** — шептать

mich durch den Gang ... klinkte eine andere Tür auf eine andere Türe in einen dunklen Raum, der übel roch von Branntwein und gestocktem Blut ... Irgendetwas stöhnte darin ... ich tappte hin..."

Wieder stockte die Stimme. Und was dann ausbrach, war mehr ein Schluchzen[1] als ein Sprechen.

„Ich ... ich tappte hin ... und dort ... dort lag auf einer schmutzigen Matte ... verkrümmt vor Schmerz ...ein stöhnendes Stück Mensch ... dort lag sie ...Ich konnte ihr Gesicht nicht sehen im Dunkel ... Meine Augen waren noch nicht gewöhnt ... so tastete ich nur hin ... ihre Hand ... heiß ... brennend heiß ... Fieber, hohes Fieber ... und ich schauerte ... ich wusste sofort alles ... sie war hierher geflüchtet vor mir ... hatte sich verstümmeln[2] lassen von irgendeiner schmutzigen Chinesin, nur weil sie hier mehr Schweigsamkeit[3] erhoffte ... hatte sich morden lassen von irgendeiner teuflischen Hexe, lieber als mir zu vertrauen ... nur weil ich Wahnsinniger ... weil ich ihr nicht gleich geholfen hatte ... weil sie den Tod weniger fürchtete als mich...

Ich schrie nach Licht. Der Boy sprang: die abscheuliche Chinesin brachte mit zitternden Händen eine Petroleumlampe[4] ... Sie stellten die Lampe auf den Tisch ... der Lichtschein fiel gelb und hell über den gemarterten Leib ... Und plötzlich ... plötzlich war alles weg von mir, alle Dumpfheit, aller Zorn, all diese unreine Jauche[5] von aufgehäufter Leidenschaft ... ich war nur mehr Arzt, helfender, spürender, wissender Mensch ... ich hatte mich vergessen ... kämpfte mit wachen, klaren Sinnen gegen das Entsetzliche ... Ich

---

[1] **schluchzen** — рыдать
[2] **verstümmeln** — искалечить
[3] **Schweigsamkeit**, f — молчаливость
[4] **Petroleumlampe**, f — керосиновая лампа
[5] **Jauche**, f — одурь

fühlte den nackten Leib, den ich in meinen Träumen begehrt, nur mehr als ... wie soll ich es sagen ... als Materie, als Organismus ... ich spürte nicht mehr sie, sondern nur das Leben, das sich gegen den Tod wehrte, den Menschen, der sich krümmte in mörderischer Qual ... Ihr Blut, ihr heißes, heiliges Blut überströmte meine Hände, aber ich spürte es nicht in Lust und nicht in Grauen ... ich war nur Arzt ... ich sah nur das Leiden ... und sah...

Und sah sofort, dass alles verloren war, wenn nicht ein Wunder geschehe ... sie war verletzt und halb verblutet unter der verbrecherisch ungeschickten[1] Hand ... und ich hatte nichts, um das Blut zu stillen in dieser stinkenden Höhle, nicht einmal reines Wasser ... alles, was ich anrührte, starrte vor Schmutz ... „Wir müssen sofort ins Spital", sagte ich. Aber kaum dass ich gesagt, bäumte sich krämpfig der gemarterte Leib auf. „Nein ... nein ... lieber sterben ... niemand es erfahren ... niemand es erfahren ... nach Hause ... nach Hause..." Ich verstand ... nur mehr um das Geheimnis, um ihre Ehre rang sie ... nicht um ihr Leben ... Und — ich gehorchte[2] ... Der Boy brachte eine Sänfte ... wir betteten sie hinein ... und so ... wie eine Leiche schon, matt und fiebernd ... trugen wir sie durch die Nacht nach Hause ... die fragende, erschreckte Dienerschaft abwehrend ... wie Diebe trugen wir sie hinein in ihr Zimmer und sperrten die Türen ... Und dann dann begann der Kampf, der lange Kampf gegen den Tod..."

Plötzlich krampfte sich eine Hand in meinen Arm, dass ich fast aufschrie vor Schreck und Schmerz. Im Dunkeln war mir das Gesicht mit einem mal fratzenhaft nah. Und jetzt sprach er nicht mehr — er schrie, geschüttelt von einem heulenden Zorn: „Wissen Sie denn, Sie fremder

---

[1] **ungeschickt** — неумелый
[2] **gehorchen** — повиноваться

Der Amokläufer

Mensch, der Sie hier lässig auf einem Deckstuhl sitzen, ein Spazierfahrer durch die Welt, wissen Sie, wie das ist, wenn ein Mensch stirbt? Sind Sie schon einmal dabei gewesen, haben Sie es gesehen, wie der Leib sich aufkrümmt[1], die blauen Nägel ins Leere krallen[2], wie die Kehle[3] röchelt, jedes Glied sich wehrt[4], jeder Finger sich stemmt[5] gegen das Entsetzliche, und wie das Auge aufspringt in einem Grauen, für das es keine Worte gibt? Haben Sie das schon einmal erlebt, Sie Weltfahrer, Sie, der Sie vom Helfen reden als von einer Pflicht? Ich habe es oft gesehen als Arzt, habe es gesehen als ... als klinischen Fall, als Tatsache ... habe es sozusagen studiert — aber *erlebt* habe ich es nur einmal, miterlebt, mitgestorben bin ich nur damals in jener Nacht ... in jener entsetzlichen Nacht, wo ich saß und mir das Hirn zerpreßte, um etwas zu wissen, etwas zu finden, zu erfinden gegen das Blut, das rann und rann und rann, gegen das Fieber, das sie vor meinen Augen verbrannte ... gegen den Tod, der immer näher kam und den ich nicht wegdrängen konnte vom Bett.

Verstehen Sie, was das heißt, Arzt zu sein, alles wissen gegen alle Krankheiten — die Pflicht haben, zu helfen, wie Sie so weise sagen — und doch ohnmächtig bei einer Sterbenden zu sitzen, wissend und doch ohne Macht ... nur dies eine, dies Entsetzliche wissend, dass man nicht helfen kann, ob man sich auch jede Ader[6] aus seinem Körper aufreißen möchte ... einen geliebten Körper zu sehen, wie er verblutet, gemartert von Schmerzen, einen Puls zu fühlen,

---

[1] **sich krümmen** — корчиться
[2] **krallen** — скрючивать
[3] **Kehle**, f — гортань
[4] **wehren** — бороться
[5] **stemmen** — упираться
[6] **Ader**, f — вена

Der Amokläufer

der fliegt und zugleich verlischt... Arzt zu sein und nichts zu wissen, nichts, nichts, nichts ... nur die Fäuste ballen gegen einen erbärmlichen Gott, von dem man weiß, dass es ihn nicht gibt ... Verstehen Sie das?

Verstehen Sie das? ... Ich ... ich verstehe nur eines nicht, wie ... wie man es macht, dass man nicht mitstirbt in solchen Sekunden ... dass man dann noch am nächsten Morgen von einem Schlaf aufsteht und sich die Zähne putzt und eine Krawatte umbindet ... dass man noch leben kann, wenn man das miterlebte, was ich fühlte, wie dieser Atem, dieser erste Mensch, um den ich rang und kämpfte, den ich halten wollte mit allen Kräften meiner Seele ... wie der wegglitt unter mir ... irgendwohin, immer rascher wegglitt, Minute um Minute, und ich nichts wusste in meinem fieberndem Gehirn, um diesen, diesen einen Menschen festzuhalten ... Und dazu, um teuflisch noch meine Qual zu verdoppeln, dazu noch dies ... Während ich an ihrem Bett saß — ich hatte ihr Morphium eingegeben, um die Schmerzen zu lindern, und sah sie liegen, mit heißen Wangen, heiß und fahl — ja ... während ich so saß, spürte ich vom Rücken her immer zwei Augen auf mich gerichtet mit einem fürchterlichen Ausdruck der Spannung ... Der Boy saß dort auf den Boden gekauert und murmelte leise irgendwelche Gebete ... Wenn mein Blick den seinen traf, so ... nein, ich kann es nicht schildern ... so kam etwas so Flehendes, so ... so Dankbares in seinen hündischen Blick, und gleichzeitig hob er die Hände zu mir, als wollte er mich beschwören, sie zu retten ... verstehen Sie: zu mir, zu mir hob er die Hände wie zu einem Gott ... zu mir ... dem ohnmächtigen Schwächling, der wusste, dass alles verloren ... dass ich hier so unnötig sei wie eine Ameise[1], die am Boden raschelt ... Ah, dieser Blick, wie er mich quälte, diese fanatische, diese tierische Hoffnung auf

---
[1] **Ameise**, f — муравей

meine Kunst ... ich hätte ihn anschreien können und mit dem Fuß treten, so weh tat er mir ... und doch, ich spürte, wie wir beide zusammenhingen durch unsere Liebe zu ihr ... durch das Geheimnis ... Ein lauerndes Tier, ein dumpfes Knäuel, saß er zusammengeballt knapp hinter mir ... kaum dass ich etwas verlangte, sprang er auf mit seinen nackten lautlosen Sohlen[1] und reichte es zitternd ... erwartungsvoll her, als sei das die Hilfe ... die Rettung...

Ich weiß, er hätte sich die Adern aufgeschnitten, um ihr zu helfen ... so war diese Frau, solche Macht hatte sie über Menschen ... und ich ... ich hatte nicht die Macht, ein Quäntchen[2] Blut zu retten ... O diese Nacht, diese entsetzliche Nacht, diese unendliche Nacht zwischen Leben und Tod! Gegen Morgen ward sie noch einmal wach ... sie schlug die Augen auf ... jetzt waren sie nicht mehr hochmütig und kalt ... ein Fieber glitzerte feucht darin, als sie, gleichsam fremd, das Zimmer abtasteten ... Dann sah sie mich an: sie schien nachzudenken, sich erinnern zu wollen an mein Gesicht ... und plötzlich ... ich sah es ... erinnerte sie sich ... denn irgendein Schreck ... etwas Feindliches, Entsetztes spannte ihr Gesicht ... sie arbeitete mit den Armen, als wollte sie flüchten ... weg, weg, weg von mir ... ich sah, sie dachte an *das* ... an die Stunde von damals ... Aber dann kam ein Besinnen ... sie sah mich ruhiger an, atmete schwer ... ich fühlte, sie wollte sprechen, etwas sagen ... Wieder begannen die Hände sich zu spannen ... sie wollte sich aufheben, aber sie war zu schwach ... Ich beruhigte sie, beugte mich nieder ... da sah sie mich an mit einem langen, gequälten Blick ... ihre Lippen regten sich leise ... es war nur ein letzter erlöschender Laut, wie sie sagte...

„Wird es niemand erfahren? ... Niemand?"

---

[1] **Sohle**, f — подошва
[2] **Quäntchen**, n — капелька

Der Amokläufer

„Niemand", sagte ich mit aller Kraft der Überzeugung, „ich verspreche es Ihnen." Aber ihr Auge war noch unruhig ... Mit fiebriger Lippe ganz undeutlich arbeitete sie's heraus. „Schwören Sie mir ... niemand erfahren ... schwören."

Ich hob die Finger wie zum Eid[1]. Sie sah mich an ...mit einem ... einem unbeschreiblichen Blick ... weich war er, warm, dankbar ... ja, wirklich, wirklich dankbar ... Sie wollte noch etwas sprechen, aber es ward ihr zu schwer. Lang lag sie, ganz matt von der Anstrengung, mit geschlossenen Augen. Dann begann das Entsetzliche ... das Entsetzliche ... eine ganz schwere Stunde kämpfte sie noch: erst morgens war es zu Ende..."

Er schwieg lange. Ich merkte es nicht eher, als vom Mitteldeck die Glocke in die Stille schlug, ein, zwei, drei harte Schläge — drei Uhr. Das Mondlicht war matter geworden, aber irgendeine andere gelbe Helle zitterte schon unsicher in der Luft. Eine halbe, eine Stunde mehr, und dann war es Tag, war dies Grauen ausgelöscht im klaren Licht. Ich sah seine Züge jetzt deutlicher, da die Schatten nicht mehr so dicht und schwarz in unsern Winkel[2] fielen — er hatte die Kappe abgenommen, und unter dem blanken Schädel[3] schien sein verquältes Gesicht noch schreckhafter. Aber schon wandten sich die glitzernden Brillengläser wieder mir zu, er straffte[4] sich zusammen, und seine Stimme hatte einen scharfen Ton.

„Mit ihr war es nun zu Ende — aber nicht mit mir. Ich war allein mit der Leiche — aber allein in einem fremden Haus, allein in einer Stadt, die kein Geheimnis duldet, und ich ... ich hatte das Geheimnis zu hüten ... Ja, denken

---

[1] **Eid**, m — клятва
[2] **Winkel**, m — угол
[3] **Schädel**, m — череп
[4] **straffen** — распрямляться

Der Amokläufer

Sie sich das nur aus, die ganze Situation: eine Frau aus der besten Gesellschaft der Kolonie, vollkommen gesund, die noch abends zuvor auf dem Regierungsball getanzt hat, liegt plötzlich tot in ihrem Bett ... ein fremder Arzt ist bei ihr, den angeblich ihr Diener gerufen ... niemand im Haus hat gesehen, wann und woher er kam ... man hat sie nachts auf einer Sänfte hereingetragen und dann die Türen geschlossen ... und morgens ist sie tot ... dann erst hat man die Diener gerufen, und plötzlich gellt das Haus von Geschrei ... im Nu wissen es die Nachbarn, die ganze Stadt ... und nur einer ist da, der das alles erklären soll ... ich, der fremde Mensch, der Arzt aus einer entlegenen Station ... Eine erfreuliche Situation, nicht wahr? ... Ich wusste, was mir bevorstand. Glücklicherweise war der Boy bei mir, der brave Bursche. Ich hatte ihm nur gesagt: „Die Frau will, dass niemand erfährt, was geschehen ist." Er sah mir in die Augen mit seinem hündisch feuchten und doch entschlossenen Blick: „Yes, Sir", mehr sagte er nicht. Aber er wusch die Blutspuren vom Boden, richtete alles in beste Ordnung — und gerade seine Entschlossenheit gab mir die meine wieder.

Nie im Leben, das weiß ich, habe ich eine ähnlich zusammengeballte Energie gehabt, nie werde ich sie wieder haben. Wenn man alles verloren hat, dann kämpft man um das Letzte wie ein Verzweifelter — und das Letzte war ihr Vermächtnis[1], das Geheimnis. Ich empfing voll Ruhe die Leute, erzählte ihnen allen die gleiche erdichtete[2] Geschichte, wie der Boy, den sie um den Arzt gesandt hatte, mich zufällig auf dem Wege traf. Aber während ich scheinbar ruhig redete, wartete ... wartete ich immer auf das Entscheidende ... auf den Totenbeschauer, der erst kommen musste, ehe wir sie in den Sarg verschließen konnten und das Geheim-

---

[1] **Vermächtnis**, n — последняя воля
[2] **erdichten** — сочинять

Der Amokläufer

nis mit ihr ... Es war, vergessen Sie nicht, Donnerstag, und Samstag kam ihr Gatte...

Um neun Uhr hörte ich endlich, wie man den Amtsarzt anmeldete. Ich hatte ihn rufen lassen — er war mein Vorgesetzter im Rang und gleichzeitig mein Konkurrent, derselbe Arzt, von dem sie seinerzeit so verächtlich[1] gesprochen und der offenbar meinen Wunsch nach Versetzung bereits erfahren hatte. Bei seinem ersten Blick spürte ich es schon: er war mir Feind. Aber gerade das straffte meine Kraft.

Im Vorzimmer fragte er schon: „Wann ist Frau ... — er nannte ihren Namen — gestorben?"

„Um sechs Uhr morgens."

„Wann sandte sie zu Ihnen?"

„Um elf Uhr abends."

„Wussten Sie, dass ich ihr Arzt war?"

„Ja, aber es tat Eile not ... und dann ... die Verstorbene hatte ausdrücklich mich verlangt. Sie hatte verboten, einen andern Arzt rufen zu lassen."

Er starrte mich an: in seinem bleichen Gesicht flog eine Röte hoch, ich spürte, dass er erbittert war. Aber gerade das brauchte ich — alle meine Energien drängten[2] sich zu rascher Entscheidung, denn ich spürte, lange hielten es meine Nerven nicht mehr aus. Er wollte etwas Feindliches erwidern, dann sagte er lässig: „Wenn Sie schon meinen, mich entbehren zu können[3], so ist es doch meine amtliche Pflicht, den Tod zu konstatieren und ... wie er eingetreten ist." Ich antwortete nicht und ließ ihn vorangehen. Dann trat ich zurück, schloss die Tür und legte den Schlüssel auf den Tisch. Überrascht zog er die Augenbrauen hoch: „Was bedeutet das?"

---

[1] **verächtlich** — презрительный
[2] **drängen** — быть срочным
[3] **entbehren können** — обходиться без чего-либо, кого-либо

Ich stellte mich ruhig ihm gegenüber: „Es handelt sich hier nicht darum, die Todesursache festzustellen, sondern — eine andere zu finden. Diese Frau hat mich gerufen, um sie nach ... nach den Folgen eines verunglückten Eingriffes zu behandeln ... ich konnte sie nicht mehr retten, aber ich habe ihr versprochen, ihre Ehre zu retten, und das werde ich tun. Und ich bitte Sie darum, mir zu helfen!"

Seine Augen waren ganz weit geworden vor Erstaunen. „Sie wollen doch nicht etwa sagen", stammelte er dann, „dass ich, der Amtsarzt, hier ein Verbrechen decken soll?"

„Ja, das will ich, das muss ich wollen."

„Für Ihr Verbrechen soll ich..."

„Ich habe Ihnen gesagt, dass ich diese Frau nicht berührt habe, sonst ... sonst stünde ich nicht vor Ihnen, sonst hätte ich längst mit mir Schluss gemacht. Sie hat ihr Vergehen[1] — wenn Sie es so nennen wollen — gebüßt[2], die Welt braucht davon nichts zu wissen. Und ich werde es nicht dulden, dass die Ehre dieser Frau jetzt noch unnötig beschmutzt wird." Mein entschlossener Ton reizte ihn nur noch mehr auf. „Sie werden nicht dulden ... so ... nun, Sie sind ja mein Vorgesetzter ... oder glauben es wenigstens schon zu sein ... Versuchen Sie nur, mir zu befehlen ... ich habe mir gleich gedacht, da ist Schmutziges im Spiel, wenn man Sie aus Ihrem Winkel herruft ... eine saubere Praxis, die Sie da anfangen, ein sauberes Probestück ... Aber jetzt werde *ich* untersuchen, *ich*, und Sie können sich darauf verlassen, dass ein Protokoll, unter dem mein Name steht, richtig sein wird. Ich werde keine Lüge unterschreiben."

Ich war ganz ruhig.

„Ja — das müssen Sie diesmal doch. Denn früher werden Sie das Zimmer nicht verlassen."

---

[1] **Vergehen**, n — проступок
[2] **büßen** — искупать вину

Der Amokläufer

Ich griff dabei in die Tasche — meinen Revolver hatte ich nicht bei mir. Aber er zuckte zusammen. Ich trat einen Schritt auf ihn zu und sah ihn an. „Hören Sie, ich werde Ihnen etwas sagen ... damit es nicht zum Äußersten kommt[1]. Mir liegt an meinem Leben nichts ... nichts an dem eines andern — ich bin nun schon einmal soweit ... mir liegt einzig daran, mein Versprechen einzulösen, dass die Art dieses Todes geheim bleibt ... Hören Sie: ich gebe Ihnen mein Ehrenwort, dass, wenn Sie das Zertifikat unterfertigen, diese Frau sei an ... nun an einer Zufälligkeit gestorben, dass ich dann noch im Laufe dieser Woche die Stadt und Indien verlasse ... dass ich, wenn Sie es verlangen, meinen Revolver nehme und mich niederschieße, sobald der Sarg in der Erde ist und ich sicher sein kann, dass niemand ... Sie verstehen: *niemand* — mehr nachforschen[2] kann. Das wird Ihnen wohl genügen — das *muss* Ihnen genügen."

Es muss etwas Gefährliches in meiner Stimme gewesen sein, denn wie ich unwillkürlich nähertrat, wich[3] er zurück mit jenem aufgerissenen Entsetzen, wie ... wie eben Menschen vor dem Amokläufer flüchten, wenn er rasend hinrennt mit geschwungenem[4] Kris ... Und mit einem Mal war er anders ... irgendwie geduckt[5] und gelähmt ... seine harte Haltung brach ein. Er murmelte mit einem letzten ganz weichen Widerstand: „Es wäre das erste Mal in meinem Leben, dass ich ein falsches Zertifikat unterzeichnete ... immerhin, es wird sich schon eine Form finden lassen ... man weiß ja auch, was vorkommt ... Aber ich durfte doch nicht so ohne weiteres..."

---

[1] **zum Äußersten kommen** — впадать в крайности
[2] **nachforschen** — расследовать
[3] **weichen** — отступать
[4] **Schwingen** — размахивать
[5] **ducken** — втягивать голову в плечи

„Gewiss durften Sie nicht", half ich ihm, um ihn zu bestärken — aber jetzt, da Sie wissen, dass Sie nur einen Lebenden kränken¹ würden und einer Toten ein Entsetzliches täten, werden Sie doch gewiss nicht zögern."

Er nickte. Wir traten zum Tisch. Nach einigen Minuten war das Attest fertig (das dann auch in der Zeitung veröffentlicht wurde und glaubhaft eine Herzlähmung² schilderte). Dann stand er auf, sah mich an: „Sie reisen noch diese Woche, nicht wahr?"

„Mein Ehrenwort."

Er sah mich wieder an. Ich merkte, er wollte streng, wollte sachlich erscheinen. „Ich besorge sofort einen Sarg", sagte er, um seine Verlegenheit zu decken. Plötzlich streckte er mir die Hand hin und schüttelte sie mit einer aufspringenden Herzlichkeit. „Überstehen Sie's gut", sagte er — ich wusste nicht, was er meinte. War ich krank? War ich ... wahnsinnig? Ich begleitete ihn zur Tür, schloss auf, aber das war meine letzte Kraft, die hinter ihm die Tür schloss. Dann kam dies Ticken wieder in die Schläfen, alles schwankte und kreiste: und gerade vor ihrem Bett fiel ich zusammen ... so ... so wie der Amokläufer am Ende seines Laufs sinnlos niederfällt mit zersprengten Nerven."

Wieder hielt er inne³. Irgendwie fröstelte mich: war das erster Schauer des Morgenwinds, der jetzt leise sausend über das Schiff lief? Aber das gequälte Gesicht spannte sich wieder zusammen: „Wie lang ich so auf der Matte gelegen hatte, weiß ich nicht. Da rührte mich es an. Ich fuhr auf. Es war der Boy.

„Es will jemand herein ... will sie sehen..."

„Niemand darf herein."

---

¹ **kränken** — обижать
² **Herzlähmung**, f — паралич сердца
³ **Wieder hielt er inne** — он опять умолк

Der Amokläufer

„Ja ... aber..."
Seine Augen waren erschreckt. Er wollte etwas sagen und wagte es doch nicht. Das treue Tier litt irgendwie eine Qual.
„Wer ist es?"
Er sah mich zitternd an wie in Furcht vor einem Schlag. Und dann sagte er — er nannte keinen Namen, dann sagte er ... ganz, ganz ängstlich ... „*Er* ist es."
Ich fuhr auf, verstand sofort und war sofort ganz Gier, ganz Ungeduld nach diesem Unbekannten. Denn sehen Sie, wie sonderbar ... inmitten all dieser Qual, in diesem Fieber von Verlangen, von Angst und Hast hatte ich ganz an „ihn" vergessen ... vergessen, dass da noch ein Mann im Spiele war ... der Mann, den diese Frau geliebt, dem sie leidenschaftlich das gegeben, was sie mir verweigert[1] ... Vor zwölf, vor vierundzwanzig Stunden hätte ich diesen Mann noch gehasst, ihn noch zerfleischen können ... Jetzt ... ich kann, ich kann Ihnen nicht schildern, wie es mich jagte, ihn zu sehen ... ihn ... zu lieben, weil sie ihn geliebt.

Mit einem Ruck war ich bei der Tür. Ein junger, ganz junger blonder Offizier stand dort, sehr linkisch[2], sehr schmal, sehr blass. Wie ein Kind sah er aus, so ... so rührend jung ... und unsäglich erschütterte mich gleich, wie er sich mühte, Mann zu sein, Haltung zu zeigen ... Ich sah sofort, dass seine Hände zitterten, als er zur Mütze fuhr ... Am liebsten hätte ich ihn umarmt ... weil er ganz so war, wie ich mir es wünschte, dass der Mann sein sollte, der diese Frau besessen ... kein Verführer, kein Hochmütiger ... nein, ein halbes Kind, ein reines Wesen, dem sie sich geschenkt. Ganz befangen stand der junge Mensch vor mir. Mein

---
[1] **verweigern** — отказывать
[2] **linkisch** — неуклюжий

gieriger Blick, mein leidenschaftlicher Aufsprung machten ihn noch mehr verwirrt.

„Verzeihen Sie", sagte er dann endlich. „Ich hätte gerne Frau ... gerne noch ... gesehen." Unbewusst, ganz ohne es zu wollen, legte ich ihm, dem Fremden, meinen Arm um die Schulter, führte ihn, wie man einen Kranken führt. Er sah mich erstaunt an mit einem unendlich warmen und dankbaren Blick ... irgendein Verstehen unserer Gemeinschaft war schon in dieser Sekunde zwischen uns beiden ... Wir gingen zu der Toten ... Sie lag da, weiß, in den weißen Linnen — ich spürte, dass meine Nähe ihn noch bedrückte ... so trat ich zurück, um ihn allein zu lassen mit ihr. Er ging langsam näher mit ... er ging so wie ... wie einer, der gegen einen ungeheuren Sturm geht ... Und plötzlich brach er vor dem Bett in die Knie ... genau so, wie ich hingebrochen war.

Ich sprang sofort vor, hob ihn empor und führte ihn zu einem Sessel. Er schämte sich nicht mehr, sondern schluchzte seine Qual heraus. Ich vermochte nichts zu sagen — nur mit der Hand strich ich ihm unbewusst über sein blondes, kindlich weiches Haar. Er griff nach meiner Hand ... ganz lind und doch ängstlich ... und mit einem Mal fühlte ich seinen Blick an mir hängen...
„Sagen Sie mir die Wahrheit, Doktor", stammelte er, „hat sie selbst Hand an sich gelegt[1]?"
„Nein", sagte ich. „Und ist ... ich meine ... ist irgend ... irgendjemand schuld an ihrem Tode?" „Nein", sagte ich wieder, obwohl ich wollte entgegenschreien: „Ich! Ich! Ich! ... Und du! ... Wir beide! Und ihr Trotz, ihr unseliger Trotz!" Aber ich hielt mich zurück. Ich wiederholte noch

---

[1] **Hand an sich legen** — наложить на себя руки

Der Amokläufer

einmal: „Nein... niemand hat schuld daran ... es war ein Verhängnis[1]!"

„Ich kann es nicht glauben", stöhnte er, „ich kann es nicht glauben. Sie war noch vorgestern auf dem Balle, sie lächelte, sie winkte mir zu. Wie ist das möglich, wie konnte das geschehen?"

Ich erzählte eine lange Lüge. Auch ihm verriet ich ihr Geheimnis nicht. Wie zwei Brüder sprachen wir zusammen alle diese Tage... und das wir einander nicht anvertrauten, aber wir spürten einer vom andern, dass unser ganzes Leben an dieser Frau hing ... Nie hat er erfahren, dass sie ein Kind von ihm trug ... dass ich das Kind, sein Kind, hätte töten sollen, und dass sie es mit sich selbst in den Abgrund gerissen. Und doch sprachen wir nur von ihr in diesen Tagen, während derer ich mich bei ihm verbarg ... denn — das hatte ich vergessen, Ihnen zu sagen — man suchte nach mir...

Ihr Mann war gekommen, als der Sarg schon geschlossen war ... er wollte den Befund[2] nicht glauben... und er suchte mich. Aber ich konnte es nicht ertragen, ihn zu sehen, ihn, von dem ich wusste, dass sie unter ihm gelitten[3] ... Vier Tage ging ich nicht aus dem Hause, gingen wir beide nicht aus der Wohnung ... ihr Geliebter hatte mir unter einem falschen Namen einen Schiffsplatz genommen, damit ich flüchten könne ... wie ein Dieb bin ich nachts auf das Deck geschlichen, dass niemand mich erkennt ... Alles habe ich zurückgelassen, was ich besitze ... und die Herren von der Regierung haben mich wohl schon gestrichen, weil ich ohne Urlaub meinen Posten verließ ... Aber ich konnte nicht leben mehr in diesem

---
[1] **Verhängnis**, n — судьба
[2] **Befund**, m — результат экспертизы
[3] **leiden** — страдать

Der Amokläufer

Haus, in dieser Stadt ... in dieser Welt, wo alles mich an sie erinnert ... wie ein Dieb bin ich geflohen in der Nacht ... nur sie zu vergessen ...Aber ... wie ich an Bord kam ... nachts ... mitternachts ... mein Freund war mit mir ... da ... da ... zogen sie gerade am Kran etwas herauf ... rechteckig[1], schwarz ... ihren Sarg ... hören Sie: ihren Sarg ... sie hat mich hierher verfolgt, wie ich sie verfolgte ... und ich musste dabeistehen, mich fremd stellen, denn er, ihr Mann, war mit ... er begleitet ihn nach England ... vielleicht will er dort eine Autopsie[2] machen lassen ... ... jetzt gehört sie wieder ihm ... nicht uns mehr, uns ... uns beiden ... Aber ich bin noch da ... ich gehe mit bis zur letzten Stunde ... er wird, er darf es nie erfahren ... ihr Geheimnis gehört mir, nur mir allein ... Verstehen Sie jetzt ... verstehen Sie jetzt ... warum ich die Menschen nicht sehen kann ... ihr Gelächter nicht hören ... wenn sie flirten und sich paaren ... denn da drunten ... drunten im Lagerraum steht der Sarg verstaut...

Ich kann nicht hin, der Raum ist versperrt ... aber ich weiß es mit allen meinen Sinnen, weiß es in jeder Sekunde ... auch wenn sie hier Walzer spielen und Tango ... diese Tote, ich spüre sie, und ich weiß, was sie von mir will ... ich weiß es, ich habe noch eine Pflicht ... ich bin noch nicht zu Ende ... noch ist ihr Geheimnis nicht gerettet ... sie gibt mich noch nicht frei..."

Vom Mittelschiff[3] kamen schlurfende[4] Schritte: Matrosen begannen das Deck zu scheuern[5]. Er stand auf und murmelte: „Ich gehe schon ... ich gehe schon." Es war

---

[1] **rechteckig** — прямоугольный
[2] **Autopsie**, f — вскрытие
[3] **Mittelschiff** — средняя палуба
[4] **schlurfen** — шаркать
[5] **scheuern** — чистить

Der Amokläufer

eine Qual, ihn anzuschauen: seinen verwüsteten ¹Blick, die gedunsenen Augen, rot von Trinken oder Tränen. Ich spürte aus seinem Wesen Scham, unendliche Scham, sich verraten zu haben an mich, an diese Nacht. Unwillkürlich sagte ich: „Darf ich vielleicht nachmittags zu Ihnen in die Kabine kommen..."

Er sah mich an — ein harter, zynischer Zug zerrte an seinen Lippen, etwas Böses stieß und verkrümmte jedes Wort.

„Aha ... Ihre famose Pflicht, zu helfen ... aha ... Mit der Maxime haben Sie mich ja glücklich zum Schwatzen² gebracht. Aber nein, mein Herr, ich danke. Glauben Sie ja nicht, dass mir jetzt leichter sei. Mein verpfuschtes³ Leben kann mir keiner mehr zusammenflicken ... ich habe eben umsonst der holländischen Regierung gedient ... die Pension ist futsch⁴, ich komme als armer Hund nach Europa zurück ... ein Hund, der hinter einem Sarg herwinselt⁵ ... man läuft nicht lange ungestraft Amok, am Ende schlägts einen doch nieder, und ich hoffe, ich bin bald am Ende ... Nein, danke, mein Herr, für Ihren gütigen Besuch ... ich habe schon in der Kabine meine Gefährten⁶ ... ein paar gute alte Flaschen Whisky, die trösten mich manchmal, und dann meinen Freund von damals, an den ich mich leider nicht rechtzeitig gewandt habe, meinen braven Browning ... Bitte, bemühen Sie sich nicht ... das einzige Menschenrecht, das einem

---

¹ **verwüsten** — опустошать
² **Schwatz**, m — болтовня
³ **verpfuschen** — портить
⁴ **futsch sein** — пропасть
⁵ **winseln** — скулить
⁶ **Gefährte**, m — попутчик

bleibt, ist doch: zu krepieren[1] wie man will ... und dabei ungeschoren zu bleiben von fremder Hilfe."

Er sah mich noch einmal höhnisch[2] ... ja herausfordernd an, aber ich spürte: es war nur Scham, grenzenlose Scham. Dann duckte er die Schultern, wandte sich um, ohne zu grüßen, und ging merkwürdig schief über das schon helle Verdeck den Kabinen zu. Ich habe ihn nicht mehr gesehen. Vergebens[3] suchte ich ihn nachts und die nächste Nacht an der gewohnten Stelle. Er blieb verschwunden, und ich hätte an einen Traum geglaubt oder an eine phantastische Erscheinung, wäre mir nicht inzwischen unter den Passagieren ein anderer aufgefallen, mit einem Trauerflor um den Arm, ein holländischer Großkaufmann, der eben seine Frau an einer Tropenkrankheit verloren hatte. Ich bog immer zur Seite, wenn er vorüberkam, um nicht mit einem Blick zu verraten, dass ich mehr von seinem Schicksal wusste als er selbst.

Im Hafen von Neapel ereignete sich dann jener merkwürdige Unfall, dessen Deutung ich in der Erzählung des Fremden zu finden glaube. Die meisten Passagiere waren abends von Bord gegangen, ich selbst in die Oper und dann noch in eines der hellen Cafés an der Via Roma. Als wir mit einem Ruderboot[4] zu dem Dampfer zurückkehrten, fiel mir schon auf, dass einige Boote mit Fackeln und Azetylen Lampen das Schiff suchend umkreisten, und oben am dunklen Bord war ein geheimnisvolles Gehen und Kommen von Gendarmerie. Ich fragte einen Matrosen, was geschehen sei. Er wich in einer Weise aus, die sofort zeigte, dass Auftrag zum Schweigen gegeben sei, und auch am nächsten Tage war nichts an Bord zu erfahren.

---

[1] **krepieren** — окалеть
[2] **höhnisch** — насмешливый
[3] **vergebens** — напрасно
[4] **Ruderboot**, n — шлюпка

Der Amokläufer

Erst in den italienischen Zeitungen las ich dann romantisch ausgeschmückt, von jenem angeblichen Unfall im Hafen von Neapel. In jener Nacht sollte der Sarg einer vornehmen Dame aus den holländischen Kolonien von Bord des Schiffes auf ein Boot gebracht werden, und man ließ ihn eben in Gegenwart [1] des Gatten die Strickleiter[2] herab, als irgendetwas Schweres vom hohen Bord niederstürzte und den Sarg mit den Trägern und dem Gatten mit sich in die Tiefe riss. Eine Zeitung behauptete, es sei ein Irrsinniger gewesen, der sich die Treppe hinab auf die Strickleiter gestürzt habe, eine andere beschönigte[3], die Leiter sei von selbst unter dem übergroßen Gewicht gerissen: jedenfalls schien die Schifffahrtsgesellschaft alles getan zu haben, um den genauen Sachverhalt zu verschleiern[4]. Man rettete nicht ohne Mühe die Träger und den Gatten der Verstorbenen mit Booten aus dem Wasser, der Bleisarg aber ging sofort in die Tiefe und konnte nicht mehr geborgen werden.

Dass gleichzeitig in einer andern Notiz kurz erwähnt wurde, es sei die Leiche eines etwa vierzigjährigen Mannes im Hafen angeschwemmt[5] worden, schien für die Öffentlichkeit in keinem Zusammenhang mit dem romantisch reportierten Unfall zu stehen; mir aber war, kaum dass ich die flüchtige Zeile gelesen, als starre plötzlich hinter dem papierenen Blatt das mondweiße Antlitz mit den glitzernden Brillengläsern mir noch einmal gespenstisch[6] entgegen.

---

[1] **Gegenwart**, f — присутствие
[2] **Strickleiter**, f — верёвочная лестница
[3] **beschönigen** — скрашивать
[4] **verschleiern** — скрывать
[5] **anschwemmen** — приносить течением
[6] **gespenstisch** — призрачный

Schachnovelle

Auf dem großen Passagierdampfer, der um Mitternacht von New York nach Buenos Aires abgehen sollte, herrschte die übliche Geschäftigkeit und Bewegung der letzten Stunde. Gäste vom Land drängten[1] durcheinander, um ihren Freunden das Geleit zu geben[2], Telegraphenboys mit schiefen Mützen schossen Namen ausrufend durch die Gesellschaftsräume, Koffer und Blumen wurden geschleppt, Kinder liefen neugierig treppauf und treppab, während das Orchester unerschütterlich zur Deck-show spielte.

Ich stand im Gespräch mit einem Bekannten etwas abseits von diesem Getümmel [3]auf dem Promenadendeck, als neben uns zwei-oder dreimal Blitzlicht scharf aufsprühte — anscheinend war irgendein Prominenter knapp vor der Abfahrt noch rasch von Reportern interviewt und fotografiert worden.

Mein Freund blickte hin und lächelte. „Sie haben da einen raren Vogel an Bord, den Czentovic." Und da ich offenbar ein ziemlich verständnisloses Gesicht zu dieser Mitteilung machte, fügte er erklärend bei: „Mirko Czentovic, der Weltschachmeister. Er hat ganz Amerika von Ost nach West mit Turnierspielen abgeklappert und fährt jetzt zu neuen Triumphen nach Argentinien."

---

[1] **drängen** — толкаться, тесниться
[2] **Geleit geben** — обеспечить сопровождение
[3] **Getümmel**, n — суматоха

Schachnovelle

In der Tat erinnerte ich mich nun dieses jungen Weltmeisters und sogar einiger Einzelheiten im Zusammenhang mit seiner raketenhaften Karriere; mein Freund, ein aufmerksamerer Zeitungsleser als ich, konnte sie mit einer ganzen Reihe von Anekdoten ergänzen. Czentovic hatte sich vor etwa einem Jahr mit einem Schlage neben die bewährtesten Altmeister der Schachkunst, wie Aljechin, Capablanca, Tartakower, Lasker, Bogoljubow, gestellt. Seit dem Auftreten des siebenjährigen Wunderkindes Rzecewski bei dem Schachturnier in New York hatte noch nie der Einbruch eines völlig Unbekannten in die Gilde derart[1] allgemeines Aufsehen erregt. Denn Czentovics intellektuelle Eigenschaften schienen ihm keineswegs solch eine blendende Karriere von vornherein[2] zu weissagen. Bald sickerte[3] das Geheimnis durch, dass dieser Schachmeister in seinem Privatleben außerstande[4] war, in irgendeiner Sprache einen Satz ohne orthographischen Fehler zu schreiben.

Sohn eines blutarmen südslawischen Donauschiffers, dessen winzige Barke eines Nachts von einem Getreidedampfer überrannt[5] wurde, war der damals Zwölf. Nach dem Tode seines Vaters vom Pfarrer[6] aus Mitleid aufgenommen worden, und der gute Pater bemühte sich redlich, durch häusliche Nachhilfe wettzumachen, was das maulfaule, dumpfe, Kind in der Dorfschule nicht zu erlernen vermochte.

Aber die Anstrengungen blieben vergeblich. Mirko starrte die ihm schon hundertmal erklärten Schriftzeichen immer wieder fremd an. Wenn er rechnen sollte, musste er noch

---

[1] **derart** — такого рода
[2] **von vornherein** — сразу, с самого начала
[3] **sickern** — обнаружилась, сочиться
[4] **außerstande sein** — быть не в состоянии сделать что-либо
[5] **überrannt** — потоплено
[6] **Pfarrer**, m — пастор

Schachnovelle

mit vierzehn Jahren die Finger zu Hilfe nehmen, und ein Buch oder eine Zeitung zu lesen, bedeutete für den noch besondere Anstrengung.

Dabei konnte man Mirko keineswegs unwillig oder widerspenstig[1] nennen. Was den guten Pfarrer aber an dem querköpfigen Knaben am meisten verdross[2], war seine totale Teilnahmslosigkeit. Er tat nichts ohne besondere Aufforderung, stellte nie eine Frage, spielte nicht mit anderen Burschen und suchte von selbst keine Beschäftigung; sobald Mirko die Verrichtungen des Haushalts erledigt hatte, saß er stur im Zimmer herum mit jenem leeren Blick. Während der Pfarrer Abends mit dem Gendarmerie Wachtmeister seine üblichen drei Schachpartien spielte, hockte[3] der blondsträhnige Bursche stumm daneben und starrte unter seinen schweren Lidern anscheinend schläfrig und gleichgültig auf das karierte Brett.

Eines Winterabends klingelten, während die beiden Partner in ihre tägliche Partie vertieft waren, von der Dorfstraße her die Glöckchen eines Schlittens. Ein Bauer stapfte hastig herein, seine alte Mutter läge im Sterben, und der Pfarrer möge eilen, ihr noch rechtzeitig die letzte Ölung[4] zu erteilen. Ohne zu zögern folgte ihm der Priester. Der Gendarmerie Wachtmeister, der sein Glas Bier noch nicht ausgetrunken hatte, zündete sich zum Abschied eine neue Pfeife an und bereitete sich eben vor, die schweren Schaftstiefel anzuziehen, als ihm auffiel, wie unentwegt der Blick Mirkos auf dem Schachbrett mit der angefangenen Partie haftete.

„Na, willst du sie zu Ende spielen?" spaßte er, vollkommen überzeugt, dass der schläfrige Junge nicht einen einzigen Stein auf dem Brett richtig zu rücken verstünde.

---

[1] **widerspenstig** — своенравный, строптивый
[2] **verdrießen** — сердить, раздражать
[3] **hocken** — сидеть на корточках
[4] **die letzte Ölung** — соборование

Schachnovelle

Der Knabe starrte scheu auf, nickte dann und setzte sich auf den Platz des Pfarrers. Nach vierzehn Zügen war der Gendarmerie Wachtmeister Geschlagen.

Die zweite Partie fiel nicht anders aus. „Bileams Esel[1]!" rief erstaunt bei seiner Rückkehr der Pfarrer aus, dem weniger bibelfesten Gendarmerie Wachtmeister erklärend, schon vor zweitausend Jahren hätte sich ein ähnliches Wunder ereignet, dass ein stummes Wesen plötzlich die Sprache der Weisheit gefunden habe. Trotz der vorgerückten Stunde[2] konnte der Pfarrer sich nicht enthalten, seinen halb analphabetischen Famulus[3] zu einem Zweikampf herauszufordern. Mirko schlug auch ihn mit Leichtigkeit. Er spielte langsam, ohne ein einziges Mal die gesenkte breite Stirn vom Brette aufzuheben. Aber er spielte mit unwiderlegbarer Sicherheit.

Der Pfarrer wurde nun ernstlich neugierig, wie weit diese einseitige sonderbare Begabung einer strengeren Prüfung standhalten würde. Er nahm Mirko in seinem Schlitten in die kleine Nachbarstadt mit, wo er im Café des Hauptplatzes eine Ecke mit enragierten Schachspielern wusste. Es erregte bei der ansässigen Runde nicht geringes Staunen, als der Pfarrer den fünfzehnjährigen Burschen in seinem hohen Schaftstiefeln in das Kaffeehaus schob, wo der Junge befremdet mit sche Augen in einer Ecke stehenblieb, bis man ihn zu einem der Schachtische hinrief.

In der ersten Partie wurde Mirko geschlagen, da er die sogenannte Sizilianische Eröffnung bei dem guten Pfarrer nie gesehen hatte. In der zweiten Partie kam er schon gegen den besten Spieler auf Remis. Von der dritten und vierten an schlug er sie alle, einen nach dem andern. Nun ereignen sich in einer kleinen südslawischen Provinzstadt höchst selten aufregende Dinge; so wurde das erste Auf-

---

[1] **Bileams Esel** — Валаамова ослица
[2] **vorgerückte Stunde** — поздний час
[3] **Famulus**, m — воспитанник

treten dieses bäuerlichen Champions für die versammelten Honoratioren zur Sensation. Einstimmig wurde beschlossen, der Wunderknabe müsste unbedingt noch bis zum nächsten Tage in der Stadt bleiben, damit man die anderen Mitglieder des Schachklubs zusammenrufen und vor allem den alten Grafen Simczic, einen Fanatiker des Schachspiels, auf seinem Schlosse verständigen könne. Der junge Czentovic wurde im Hotel einquartiert und sah an diesem Abend zum ersten mal ein Stefan Zweig Wasserklosett.

Mirko, unbeweglich vier Stunden vor dem Brett sitzend, besiegte einen Spieler nach dem andern; schließlich wurde eine Simultanpartie[1] vorgeschlagen. Es dauerte eine Weile, ehe man dem Unbelehrten begreiflich machen konnte, dass bei einer Simultanpartie er allein gegen die verschiedenen Spieler zu kämpfen hätte. Aber sobald Mirko diesen Usus begriffen, fand er sich rasch in die Aufgabe und gewann schließlich sieben von den acht Partien.

Nun begannen große Beratungen. Obwohl dieser neue Champion nicht zur Stadt gehörte, war doch der heimische Nationalstolz lebhaft entzündet[2]. Vielleicht konnte endlich die kleine Stadt zum ersten Mal sich die Ehre erwerben, einen berühmten Mann in die Welt zu schicken.

Ein Agent namens Koller, sonst nur Chansonetten und Sängerinnen für das Kabarett der Garnison vermittelnd, erklärte sich bereit den jungen Menschen in Wien von einem ihm bekannten ausgezeichneten kleinen Meister fachmäßig in der Schachkunst ausbilden zu lassen. Graf Simczic, dem in sechzig Jahren täglichen Schachspieles nie ein so merkwürdiger Gegner entgegengetreten war, zeichnete sofort den Betrag. Mit diesem Tage begann die erstaunliche Karriere des Schiffersohnes.

---

[1] **Simultanpartie**, f — сеанс одновременной игры
[2] **der heimische Nationalstolz lebhaft entzündet** — местный патриотизм был задет за живое

Schachnovelle

Nach einem halben Jahre beherrschte Mirko sämtliche Geheimnisse der Schachtechnik, allerdings mit einer seltsamen Einschränkung, die später in den Fachkreisen viel beobachtet wurde. Denn Czentovic brachte es nie dazu, auch nur eine einzige Schachpartie auswendig — oder wie man fachgemäß sagt: blind — zu spielen[1]. Ihm fehlte vollkommen die Fähigkeit, das Schlachtfeld in den unbegrenzten Raum der Phantasie zu stellen. Er musste immer das schwarzweiße Karree mit den vierundsechzig Feldern und zweiunddreißig Figuren handgreiflich vor sich haben. Aber diese merkwürdige Eigenheit verzögerte keineswegs Mirkos Aufstieg. Mit siebzehn Jahren hatte er schon ein Dutzend Schachpreise gewonnen, mit achtzehn sich die ungarische Meisterschaft, mit zwanzig endlich die Weltmeisterschaft erobert.

So geschah es, dass in die illustre Galerie der Schachmeister, die in ihren Reihen die verschiedensten Typen intellektueller Überlegenheit vereinigt zum ersten Mal ein völliger Outsider der geistigen Welt einbrach, ein schwerer Bauernbursche, aus dem auch nur ein einziges publizistisch brauchbares Wort herauszulocken[2] selbst den gerissensten Journalisten nie gelang. Er ersetzte bald reichlich durch Anekdoten über seine Person. Trotz seines feierlichen schwarzen Anzuges, seiner pompösen Krawatte und seiner mühsam manikürten Finger blieb er in seinen Manieren derselbe beschränkte Bauernjunge, der im Dorf die Stube des Pfarrers gefegt. Ungeschickt suchte er zum Gaudium[3] und zum Ärger seiner Fachkollegen aus seiner Begabung und seinem Ruhm mit einer kleinlichen und sogar oft ordinären Habgier[4] herauszuholen, was an Geld herauszuholen war.

---

[1] **blind — zu spielen** — сыграть вслепую
[2] **Herauslocken** — вытянуть (слова)
[3] **Gaudium**, n — *книжн. устар.* забава, веселье
[4] **Habgier**, f — жадность, алчность

Schachnovelle

Er reiste von Stadt zu Stadt, immer in den billigsten Hotels wohnend, er spielte in den kläglichsten Vereinen, sofern man ihm sein Honorar bewilligte, er ließ sich abbilden auf Seifenreklamen und verkaufte sogar, ohne auf den Spott seiner Konkurrenten zu achten, die genau wussten, dass er nicht im Stande war, drei Sätze richtig zu schreiben, seinen Namen für eine „Philosophie des Schachs", die in Wirklichkeit ein kleiner galizischer Student für den geschäftstüchtigen Verleger geschrieben. Wie allen zähen Naturen fehlte ihm jeder Sinn für das Lächerliche: seit seinem Siege im Weltturnier hielt er sich für den wichtigsten Mann der Welt.

„Aber wie sollte ein so rascher Ruhm[1] nicht einen so leeren Kopf beduseln?" schloss mein Freund. „Ist es nicht eigentlich verflucht leicht, sich für einen großen Menschen zu halten, wenn man nicht mit der leisesten Ahnung belastet ist, dass ein Rembrandt, ein Beethoven, ein Dante, Stefan Zweig ein Napoleon je gelebt haben? Dieser Bursche weiß in seinem Gehirn nur das eine, dass er seit Monaten nicht eine einzige Schachpartie verloren hat, und da er eben nicht ahnt, dass es außer Schach und Geld noch andere Werte auf unserer Erde gibt, hat er allen Grund, von sich begeistert zu sein."

Diese Mitteilungen meines Freundes verfehlten nicht, meine besondere Neugierde zu erregen. Alle Arten von monomanischen, in eine einzige Idee verschossenen Menschen haben mich zeitlebens angereizt. So machte ich aus meiner Absicht, dieses sonderbare Spezimen intellektueller Eingleisigkeit auf der zwölftägigen Fahrt bis Rio näher unter die Lupe zu nehmen, kein Hehl. Jedoch: „Da werden Sie wenig Glück haben", warnte mein Freund. „Soviel ich weiß, ist es noch keinem gelungen, aus Czentovic das geringste an psychologischem Material herauszuholen. Hinter all seiner Beschränktheit verbirgt dieser gerissene Bauer die

---
[1] **Ruhm**, m — слава

Schachnovelle

große Klugheit, und zwar dank der simplen Technik, dass er außer mit Landsleuten seiner eigenen Sphäre, jedes Gespräch vermeidet. Wo er einen gebildeten Menschen spürt, kriecht er in sein Schneckenhaus; so kann niemand sich rühmen[1], je ein dummes Wort von ihm gehört oder die angeblich unbegrenzte Tiefe seiner Unbildung ausgemessen zu haben."

Mein Freund sollte in der Tat recht behalten. Während der ersten Tage der Reise erwies es sich als vollkommen unmöglich, an Czentovic heranzukommen. Manchmal schritt er zwar über das Promenadendeck, aber dann immer die Hände auf dem Rücken verschränkt mit jener stolz in sich versenkten Haltung, wie Napoleon auf dem bekannten Bilde. Nach drei Tagen begann ich mich tatsächlich zu ärgern, dass seine geschickte [2] Abwehrtechnik geschickter war als mein Wille, an ihn heranzukommen. Ich hatte in meinem Leben noch nie Gelegenheit gehabt, die persönliche Bekanntschaft eines Schachmeisters zu machen, und je mehr ich mich jetzt bemühte, mir einen solchen Typus zu personifizieren, um so unvorstellbarer schien mir eine Gehirntätigkeit, die ein ganzes Leben lang ausschließlich um einen Raum von vierundsechzig schwarzen und weißen Feldern rotiert. Ich wusste wohl aus eigener Erfahrung um die geheimnisvolle Attraktion des „königlichen Spiels", dieses einzigen unter allen Spielen, die der Mensch ersonnen, das sich souverän jeder Tyrannis des Zufalls entzieht und seine Siegespalmen einzig dem Geist oder vielmehr einer bestimmten Form geistiger Begabung[3] zuteilt.

Und nun war ein solches Phänomen, ein solches sonderbares Genie zum ersten Mal ganz nahe. Ich begann, mir die absurdesten Listen auszudenken: etwa, ihn in seiner Eitelkeit

---

[1] **rühmen** — похвастаться
[2] **geschickt** — ловкий, искусный
[3] **geistiger Begabung** — умственная одарённость

Schachnovelle

zu kitzeln[1], indem ich ihm ein angebliches Interview für eine wichtige Zeitung vortäuschte, oder bei seiner Habgier zu packen, dadurch, dass ich ihm ein einträgliches Turnier in Schottland proponierte. Aber schließlich erinnerte ich mich, dass die bewährteste Technik der Jäger, den Auerhahn[2] an sich heranzulocken, darin besteht, dass sie seinen Balzschrei nachahmen; was konnte eigentlich wirksamer sein, um die Aufmerksamkeit eines Schachmeisters auf sich zu ziehen, als indem man selber Schach spielte?

Nun bin ich zeitlebens nie ein ernstlicher Schachkünstler gewesen, und zwar aus dem einfachen Grunde, weil ich mich mit Schach immer bloß leichtfertig und ausschließlich zu meinem Vergnügen befasste; wenn ich mich für eine Stunde vor das Brett setze, geschieht dies keineswegs, um mich anzustrengen, sondern im Gegenteil, um mich von geistiger Anspannung zu entlasten. Um sie aus ihren Höhlen herauszulocken, stellte ich im Smoking Room eine primitive Falle auf, indem ich mich mit meiner Frau, obwohl sie noch schwächer spielt als ich, vor ein Schachbrett setzte. Und tatsächlich, wir hatten noch nicht sechs Züge getan, so blieb schon jemand im Vorübergehen stehen, ein zweiter erbat die Erlaubnis, zusehen zu dürfen; schließlich fand sich auch der erwünschte Partner, der mich zu einer Partie herausforderte. Er hieß McConnor und war ein schottischer Tiefbauingenieur. Er gehörte zu jener Sorte selbstbesessener Erfolgsmenschen, die auch im belanglosesten Spiel eine Niederlage schon als Herabsetzung ihres Persönlichkeitsbewußtseins empfinden. Als er die erste Partie verlor, wurde er mürrisch[3], bei der dritten machte er den Lärm im Nachbarraum für sein Versagen verantwortlich.

---

[1] **Eitelkeit kitzeln** — сыграть на тщеславии
[2] **Auerhahn**, m — глухарь
[3] **mürrisch** — угрюмый, мрачный

Schachnovelle

Am dritten Tag gelang es und gelang doch nur halb. Sei es, dass Czentovic uns vom Promenadendeck aus durch das Bordfenster vor dem Schachbrett beobachtet oder dass er nur zufälligerweise den Smoking Room mit seiner Anwesenheit beehrte — jedenfalls trat er, sobald er uns Unberufene seine Kunst ausüben sah, unwillkürlich einen Schritt näher und warf aus dieser gemessenen Distanz einen prüfenden Blick auf unser Brett. McConnor war gerade am Zuge. Und schon dieser eine Zug schien ausreichend, um Czentovic zu belehren, wie wenig ein weiteres Verfolgen unserer dilettantischen Bemühungen seines meisterlichen Interesses würdig sei.

„Gewogen und zu leicht befunden", dachte ich mir, ein bisschen verärgert durch diesen kühlen, verächtlichen Blick, und um meinem Unmut irgendwie Luft zu machen[1], äußerte ich zu McConnor: „Ihr Zug scheint den Meister nicht sehr begeistert zu haben."

„Welchen Meister?"

Ich erklärte ihm, jener Herr, der eben an uns vorübergegangen und mit missbilligendem Blick auf unser Spiel gesehen, sei der Schachmeister Czentovic gewesen.

Aber zu meiner Überraschung übte auf McConnor meine lässige Mitteilung eine völlig unerwartete Wirkung. Er wurde sofort erregt, vergaß unsere Partie, und sein Ehrgeiz begann geradezu hörbar zu pochen. Ob ich den Schachmeister persönlich kenne? Ich verneinte. Ob ich ihn nicht ansprechen wolle und zu uns bitten? Ich lehnte ab mit der Begründung, Czentovic sei meines Wissens für neue Bekanntschaften nicht sehr zugänglich. Außerdem, was für einen Reiz sollte es einem Weltmeister bieten, mit uns drittklassigen Spielern sich abzugeben?

Nun, das mit den drittklassigen Spielern hätte ich zu einem derart ehrgeizigen Manne wie McConnor lieber nicht äußern sollen. Er lehnte sich verärgert zurück und

---
[1] **Unmut Luft zu machen** — выместить раздражение

erklärte schroff, er für seinen Teil könne nicht glauben, dass Czentovic die höfliche Aufforderung eines Gentlemans ablehnen werde, dafür werde er schon sorgen. Ich wartete ziemlich gespannt. Nach zehn Minuten kehrte McConnor zurück, nicht sehr aufgeräumt[1], wie mir schien.

„Nun?" fragte ich. „Sie haben recht gehabt", antwortete er etwas verärgert. „Kein sehr angenehmer Herr. Ich stellte mich vor, erklärte ihm, wer ich sei. Er reichte mir nicht einmal die Hand. Ich versuchte, ihm auseinanderzusetzen, wie stolz und geehrt wir alle an Bord sein würden, wenn er eine Simultanpartie gegen uns spielen wollte. Aber er hielt seinen Rücken verflucht steif; es täte ihm leid, aber er habe kontraktliche Verpflichtungen gegen seinen Agenten, die ihm ausdrücklich untersagten, während seiner ganzen Tournee ohne Honorar zu spielen. Sein Minimum sei zweihundertfünfzig Dollar pro Partie."

Ich lachte. „Auf diesen Gedanken wäre ich eigentlich nie geraten, dass Figuren von Schwarz auf Weiß zu schieben ein derart einträgliches Geschäft sein kann. Nun, ich hoffe, Sie haben sich ebenso höflich empfohlen."

Aber McConnor blieb vollkommen ernst. „Die Partie ist für morgen Nachmittag drei Uhr angesetzt. Hier im Rauchsalon. Ich hoffe, wir werden uns nicht so leicht zu Brei schlagen lassen."

„Wie? Sie haben ihm die zweihundertfünfzig Dollar bewilligt?" rief ich ganz betroffen aus. „Warum nicht? Wenn ich Zahnschmerzen hätte und es wäre zufällig ein Zahnarzt an Bord, würde ich auch nicht verlangen, dass er mir den Zahn umsonst ziehen soll. Der Mann hat ganz recht, dicke Preise zu machen."

Am nächsten Tage war unsere kleine Gruppe zur vereinbarten Stunde vollzählig erschienen. Der Mittelplatz gegenüber dem Meister blieb selbstverständlich McCon-

---

[1] **nicht sehr aufgeräumt** — не в очень хорошем расположении духа

Schachnovelle

nor zugeteilt, der seine Nervosität entlud, indem er eine schwere Zigarre nach der andern anzündete und immer wieder unruhig auf die Uhr blickte. Aber der Weltmeister ließ gute zehn Minuten auf sich warten. Er trat ruhig und gelassen auf den Tisch zu. Ohne sich vorzustellen — „Ihr wißt, wer ich bin, und wer ihr seid, interessiert mich nicht", schien diese Unhöflichkeit zu besagen, — begann er mit fachmännischer[1] Trockenheit die sachlichen Anordnungen[2]. Da eine Simultanpartie hier an Bord mangels[3] verfügbarer Schachbretter unmöglich sei, schlage er vor, dass wir alle gemeinsam gegen ihn spielen sollten. Nach jedem Zug werde er, um unsere Beratungen nicht zu stören, sich zu einem anderen Tisch am Ende des Raumes verfügen. Wir pflichteten selbstverständlich wie schüchterne Schüler jedem Vorschlage bei. Es hat wenig Sinn, über die Partie zu berichten. Sie endete selbstverständlich, wie sie enden musste: mit unserer totalen Niederlage, und zwar bereits beim vierundzwanzigsten Zuge. Daß nun ein Weltschachmeister ein halbes Dutzend mittlerer oder untermittlerer Spieler mit der linken Hand niederfegt, war an sich wenig erstaunlich; verdrießlich wirkte eigentlich auf uns alle nur die präpotente Art, mit der Czentovic es uns allzu deutlich fühlen ließ, dass er uns mit der linken Hand erledigte. Schon war ich aufgestanden, um hilflos durch eine Geste anzudeuten, dass mit diesem erledigten Dollargeschäft wenigstens meinerseits das Vergnügen unserer Bekanntschaft beendet sei, als zu meinem Ärger neben mir McConnor mit ganz heiserer Stimme sagte: „Revanche!" Ich erschrak geradezu über den herausfordernden Ton. In diesem Augenblick wusste ich, dieser fanatisch Ehrgeizige würde, und sollte es ihn sein ganzes Vermögen kosten, gegen Czentovic so lange spielen

---

[1] **fachmännisch** — компетентный, профессиональный
[2] **Anordnung**, f — условие
[3] **Mangel**, m — недостаток, нехватка (чего-л.)

und spielen und spielen bis er wenigstens ein einziges Mal eine Partie gewonnen. Wenn Czentovic durchhielt, so hatte er an McConnor eine Goldgrube gefunden, aus der er bis Buenos Aires ein paar tausend Dollar schaufehl konnte. Czentovic blieb unbewegt. „Bitte", antwortete er höflich. „Die Herren spielen jetzt Schwarz."

Auch die zweite Partie bot kein verändertes Bild. McConnor blickte so starr auf das Brett, als wollte er die Figuren mit seinem Willen, zu gewinnen, magnetisieren. Ich spürte ihm an, dass er auch tausend Dollar begeistert geopfert hätte für den Lustschrei „Matt!".

Merkwürdigerweise ging etwas von seiner verbissenen Erregung unbewusst in uns über. Jeder einzelne Zug wurde ungleich leidenschaftlicher diskutiert als vordem, immer hielten wir noch im letzten Moment einer den andern zurück, ehe wir uns einigten, das Zeichen zu geben, das Czentovic an unseren Tisch zurückrief. Allmählich waren wir beim siebzehnten Zuge angelangt, und zu unserer eigenen Überraschung war eine Konstellation eingetreten, die verblüffend vorteilhaft schien, weil es uns gelungen war, den Bauern der c-Linie bis auf das vorletzte Feld c zu bringen; wir brauchten ihn nur vorzuschieben auf c, um eine neue Dame zu gewinnen. Ganz behaglich[1] war uns freilich nicht bei dieser allzu offenkundigen Chance. Schließlich, schon knapp am Rande der verstatteten Überlegungsfrist, entschlossen wir uns, den Zug zu wagen. Schon rührte McConnor den Bauern an, um ihn auf das letzte Feld zu schieben, als er sich jäh am Arm gepackt fühlte und jemand leise und heftig flüsterte: „Um Gottes willen! Nicht![2]"

Unwillkürlich wandten wir uns alle um. Ein Herr von etwa fünfundvierzig Jahren, musste in den letzten Minuten zu uns getreten sein. Hastig fügte er, unsern Blick spürend,

---

[1] **behaglich** — спокойный, комфортный
[2] **Um Gottes willen! Nicht!** — Ради Бога, не надо!

hinzu: „Wenn Sie jetzt eine Dame machen, schlägt er sie sofort mit dem Läufer c, Sie nehmen mit dem Springer zurück. Aber inzwischen geht er mit seinem Freibauern auf d, bedroht Ihren Turm, und auch wenn Sie mit dem Springer Schach sagen, verlieren Sie und sind nach neun bis zehn Zügen erledigt. Es ist beinahe dieselbe Konstellation, wie sie Aljechin gegen Bogoljubow im Pistyaner Großturnier initiiert hat."

McConnor ließ erstaunt die Hand von der Figur und starrte nicht minder verwundert als wir alle auf den Mann, der wie ein unvermuteter Engel helfend vom Himmel kam. Als erster faßte sich McConnor.

„Was würden Sie raten?" flüsterte er aufgeregt.

„Nicht gleich vorziehen, sondern zunächst ausweichen! Vor allem mit dem König abrücken aus der gefährdeten Linie von g auf h. Er wird wahrscheinlich den Angriff dann auf die andere Flanke hinüberwerfen. Aber das parieren Sie mit Turm c–c; das kostet ihm zwei Tempi, einen Bauern und damit die Überlegenheit. Dann stellt Freibauer gegen Freibauer, und wenn Sie sich richtig defensiv halten, kommen Sie noch auf Remis[1]. Mehr ist nicht herauszuholen."

Wir staunten abermals. Es war, als ob er die Züge aus einem gedruckten Buch ablesen würde. Immerhin wirkte die unvermutete Chance, dank seines Eingreifens unsere Partie gegen einen Weltmeister auf Remis zu bringen, zauberisch.

Noch einmal fragte McConnor: „Also König g auf h?"

„Jawohl! Ausweichen vor allem!" McConnor gehorchte, und wir klopften an das Glas. Czentovic trat mit seinem an unseren Tisch und zog auf dem Königsflügel den Bauern h–h, genau wie es unser unbekannter Helfer vorausgesagt. Und schon flüsterte dieser aufgeregt: „Turm vor, Turm vor,

---

[1] **Remis**, n — ничья (в шахматах)

c auf c, er muss dann zuerst den Bauern decken. Aber das wird ihm nichts helfen! Sie schlagen, ohne sich um seinen Freibauern zu kümmern, mit dem Springer c—d, und das Gleichgewicht ist wieder hergestellt. Den ganzen Druck vorwärts[1], statt zu verteidigen!"

Wir verstanden nicht, was er meinte. Für uns war, was er sagte, Chinesisch. Aber schon einmal in seinem Bann, zog McConnor, ohne zu überlegen, wie jener geboten. Wir schlugen abermals an das Glas, um Czentovic zurückzurufen. Zum erstenmal entschied er sich nicht rasch, sondern blickte gespannt auf das Brett. Dann tat er genau den Zug, den der Fremde uns angekündigt, und wandte sich zum Gehen. Jedoch ehe er zurücktrat, geschah etwas Neues und Unerwartetes.

Czentovic hob den Blick und musterte unsere Reihen. Offenbar wollte er herausfinden, wer ihm mit einem mal so energischen Widerstand leistete. Von diesem Augenblick an wuchs unsere Erregung ins Ungemessene. Bisher hatten wir ohne ernstliche Hoffnung gespielt, nun aber trieb der Gedanke, den kalten Hochmut Czentovics zu brechen.

Und nun kam unser erster Triumph. Czentovic, der bisher immer nur im Stehen gespielt, zögerte, zögerte und setzte sich schließlich nieder. Er setzte sich langsam und schwerfällig. Czentovic überlegte einige Minuten, dann tat er einen Zug und stand auf. Und schon flüsterte unser Freund: „ Gut gedacht! Aber nicht darauf eingehen! Abtausch forcieren, unbedingt Abtausch, dann kommen wir auf Remis, und kein Gott kann ihm helfen."

McConnor gehorchte. Es begann in den nächsten Zügen zwischen den beiden — wir anderen waren längst zu leeren Statisten herabgesunken — ein uns unverständliches Hin und Her. Nach etwa sieben Zügen sah Czentovic nach längerem Nachdenken auf und erklärte: „Remis."

---

[1] **druck vorwärts** — атаковать

Schachnovelle

Einen Augenblick herrschte totale Stille. Keiner von uns atmete, es war zu plötzlich gekommen und wir alle noch geradezu erschrocken über das Unwahrscheinliche, dass dieser Unbekannte dem Weltmeister in einer schon halb verlorenen Partie seinen Willen aufgezwungen haben sollte.

Ich beobachtete Czentovic. Er verharrte in seiner scheinbar gleichmütigen Starre und fragte nur in lässiger Weise, während er die Figuren mit ruhiger Hand vom Brette schob: „Wünschen die Herren noch eine dritte Partie?"

Er stellte die Frage rein sachlich, rein geschäftlich. Aber das Merkwürdige war, er hatte dabei nicht McConnor angeblickt, sondern scharf und gerade das Auge gegen unseren Retter erhoben. McConnor hat ihm triumphierend zugerufen: „Selbstverständlich! Aber jetzt müssen Sie allein gegen ihn spielen! Sie allein gegen Czentovic!"

Doch nun ereignete sich etwas Unvorhergesehenes. Der Fremde schrak auf.

„Auf keinen Fall, meine Herren", stammelte er sichtlich betroffen. „Das ist völlig ausgeschlossen ... ich komme gar nicht in Betracht ... ich habe seit zwanzig, nein, fünfundzwanzig Jahren vor keinem Schachbrett gesessen ... und ich sehe erst jetzt, wie ungehörig ich mich betragen[1] habe, indem ich mich ohne Ihre Verstattung in Ihr Spiel einmengte ... Bitte, entschuldigen Sie meine Vordringlichkeit ... ich will gewiss nicht weiter stören."

„Aber das ist doch ganz unmöglich!" dröhnte der temperamentvolle McConnor. „Völlig ausgeschlossen, dass dieser Mann fünfundzwanzig Jahre nicht Schach gespielt haben soll! Er hat doch jeden Zug, jede Gegenpointe auf fünf, auf sechs Züge vorausberechnet. So etwas kann niemand aus dem Handgelenk[2]. Das ist doch völlig ausgeschlossen — nicht wahr?"

---
[1] **ungehörig betragen** — невежливо поступить
[2] **Handgelenk**, n — запястье

Schachnovelle

Mit der letzten Frage hatte sich McConnor unwillkürlich an Czentovic gewandt. Aber der Weltmeister blieb unerschütterlich kühl. „Ich vermag darüber kein Urteil abzugeben. Jedenfalls hat der Herr interessant gespielt; deshalb habe ich ihm auch absichtlich eine Chance gelassen." Gleichzeitig lässig aufstehend, fügte er in seiner sachlichen Art hinzu: „Sollte der Herr oder die Herren morgen eine abermalige Partie wünschen, so stehe ich von drei Uhr ab zur Verfügung."

Wir konnten ein leises Lächeln nicht unterdrücken. Jeder von uns wusste, dass Czentovic unserem unbekannten Helfer keineswegs großmütig eine Chance gelassen und diese Bemerkung nichts anderes als eine naive Ausflucht war, um sein eigenes Versagen zu maskieren. Mit einem Mal war über uns friedliche, ehrgeizige Kampflust gekommen, denn der Gedanke, dass gerade auf unserem Schiff mitten auf dem Ozean dem Schachmeister die Palme entrungen werden könnte, faszinierte uns in herausforderndster Weise. Dazu kam noch der Reiz des Mysteriösen, der von dem unerwarteten Eingreifen unseres Retters gerade im kritischen Moment ausging. Wer war dieser Unbekannte?

Wir beschlossen, alles zu versuchen, damit unser Helfer am nächsten Tage eine Partie gegen Czentovic spiele. Da sich inzwischen durch Umfrage beim Steward herausgestellt hatte, dass der Unbekannte ein Österreicher sei, wurde mir als seinem Landsmann der Auftrag zugeteilt, ihm unsere Bitte zu unterbreiten.

Ich benötigte nicht lange, um auf dem Promenadendeck den so eilig Entflüchteten aufzufinden. Kaum ich auf ihn zutrat, erhob er sich höflich und stellte sich mit einem Namen vor, der mir sofort vertraut war als der einer hochangesehenen altösterreichischen Familie. Ich erinnerte mich, dass ein Träger dieses Namens zu dem engsten Freundeskreise Schuberts gehört hatte und auch einer der Leibärzte des alten Kaisers dieser Familie entstammte. Als ich Dr. B. unsere Bitte übermittelte, die

Herausforderung Czentovics anzunehmen, war er sichtlich verblüfft[1]. Es erwies sich, dass er keine Ahnung gehabt hatte, bei jener Partie einen Weltmeister, und gar den zurzeit erfolgreichsten, ruhmreich bestanden zu haben. Aus irgendeinem Grunde schien diese Mitteilung auf ihn besonderen Eindruck zu machen, denn er erkundigte sich immer und immer wieder von neuem, ob ich dessen gewiss sei, dass sein Gegner tatsächlich ein anerkannter Weltmeister gewesen. Ich merkte bald, dass dieser Umstand meinen Auftrag erleichterte. Nach längerem Zögern erklärte sich Dr. B. schließlich zu einem Match bereit, doch nicht ohne ausdrücklich gebeten zu haben, die anderen Herren nochmals zu warnen, sie möchten keineswegs auf sein Können übertriebene Hoffnungen setzen. „Denn", fügte er mit einem versonnenen Lächeln hinzu, „ich weiß wahrhaftig nicht, ob ich fähig bin, eine Schachpartie nach allen Regeln richtig zu spielen. Bitte glauben Sie mir, dass es keineswegs falsche Bescheidenheit war, wenn ich sagte, dass ich seit meiner Gymnasialzeit, also seit mehr als zwanzig Jahren, keine Schachfigur mehr berührt habe. Und selbst zu jener Zeit galt ich bloß als Spieler ohne sonderliche Begabung."

Er sagte dies in einer so natürlichen Weise, dass ich nicht den leisesten Zweifel an seiner Aufrichtigkeit hegen durfte. Dennoch konnte ich nicht umhin, meiner Verwunderung Ausdruck zu geben, wie genau er an jede einzelne Kombination der verschiedensten Meister sich erinnern könne; immerhin müsse er sich doch wenigstens theoretisch mit Schach viel beschäftigt haben. Dr. B. lächelte abermals in jener merkwürdig traumhaften Art.

„Viel beschäftigt! — Weiß Gott, das kann man wohl sagen, dass ich mich mit Schach viel beschäftigt habe. Aber das geschah unter ganz besonderen, ja völlig einmaligen Umständen. Es war dies eine ziemlich komplizierte

---

[1] **verblüffen** — озадачивать, ошеломлять

Geschichte, und sie könnte allenfalls als kleiner Beitrag gelten zu unserer lieblichen großen Zeit. Wenn Sie eine halbe Stunde Geduld haben..."

Er hatte auf den Deckchair neben sich gedeutet. Gerne folgte ich seiner Einladung. Wir waren ohne Nachbarn. Dr. B. nahm die Lesebrille von den Augen, legte sie zur Seite und begann:

„Sie waren so freundlich, dass Sie sich als Wiener des Namens meiner Familie erinnerten. Aber ich vermute, Sie werden kaum von der Rechtsanwaltskanzlei gehört haben, die ich gemeinsam mit meinem Vater und späterhin allein leitete, denn wir führten keine Causen, die publizistisch in der Zeitung abgehandelt wurden, und vermieden aus Prinzip neue Klienten.

In Wirklichkeit hatten wir eigentlich gar keine richtige Anwaltspraxis mehr, sondern beschränkten uns ausschließlich auf die Rechtsberatung und vor allem Vermögensverwaltung der großen Klöster. Außerdem war uns die Verwaltung der Fonds einiger Mitglieder der kaiserlichen Familie anvertraut.

Diese Verbindung zum Hof und zum Klerus — mein Onkel war Leibarzt des Kaisers, ein anderer Abt in Seitenstetten — reichten schon zwei Generationen zurück; wir hatten sie nur zu erhalten, und es war eine stille lautlose Tätigkeit, die uns durch dies ererbte Vertrauen zugeteilt war, eigentlich nicht viel mehr erfordernd als strengste Diskretion und Verlässlichkeit, zwei Eigenschaften, die mein verstorbener Vater im höchsten Maße besaß; ihm ist es tatsächlich gelungen seinen Klienten beträchtliche Vermögenswerte zu erhalten. Als dann Hitler in Deutschland ans Ruder kam und gegen den Besitz der Kirche und der Klöster seine Raubzüge[1] begann, gingen auch von jenseits der Grenze mancherlei Verhandlungen und Transaktionen,

---

[1] **Raubzug**, m — разбойничий набег

Schachnovelle

um wenigstens den mobilen Besitz vor Beschlagnahme [1] zu retten, durch unsere Hände, und von gewissen geheimen politischen Verhandlungen der Kurie und des Kaiserhauses wussten wir beide mehr, als die Öffentlichkeit je erfahren wird.

Nun hatten die Nationalsozialisten, längst ehe sie ihre Armeen gegen die Welt aufrüsteten, eine andere ebenso gefährliche und geschulte Armee in allen Nachbarländern zu organisieren begonnen. Selbst in unserer unscheinbaren Kanzlei hatten sie, wie ich leider erst zu spät erfuhr, ihren Mann. Die Post durfte er niemals öffnen, alle wichtigen Briefe schrieb ich, ohne Kopien zu hinterlegen. Dank dieser Vorsichtsmaßnahmen bekam dieser Horchposten von den wesentlichen Vorgängen nichts zu sehen; aber durch einen unglücklichen Zufall musste der ehrgeizige und eitle Bursche bemerkt haben, dass man ihm misstraute und hinter seinem Rücken allerlei Interessantes geschah. Vielleicht hat einmal in meiner Abwesenheit einer der Kuriere unvorsichtigerweise von „Seiner Majestät" gesprochen, statt, wie vereinbart, vom „Baron Bern", oder der Lump musste Briefe widerrechtlich geöffnet haben — jedenfalls holte er sich, ehe ich Verdacht schöpfen konnte, von München oder Berlin Auftrag, uns zu überwachen.

Wie genau und liebevoll die Gestapo mir längst ihre Aufmerksamkeit zugewandt hatte, erwies dann äußerst handgreiflich der Umstand, dass noch am selben Abend, da Schuschnigg seine Abdankung [2] bekanntgab, und einen Tag, ehe Hitler in Wien einzog, ich bereits von SS-Leuten festgenommen war. Es war mir glücklicherweise noch gelungen, die allerwichtigsten Papiere zu verbrennen und den Rest der Dokumente habe ich in einem Wäschekorb versteckt durch meine alte Haushälterin zu meinem Onkel hinüber.

---

[1] **Beschlagnahme**, f — конфискация, арест имущества
[2] **Abdankung**, f — отречение от престола

Dr. B. unterbrach, um sich eine Zigarre anzuzünden. „Sie vermuten nun wahrscheinlich, dass ich Ihnen jetzt vom Konzentrationslager erzählen werde. Aber nichts dergleichen geschah. Ich kam in eine andere Kategorie. Ich wurde nicht zu ganz kleinen Gruppe zugeteilt, aus der die Nationalsozialisten entweder Geld oder wichtige Informationen herauszupressen[1] hofften. Leute meiner Kategorie, aus denen wichtiges Material oder Geld herausgepresst werden sollte, wurden deshalb nicht in Konzentrationslager abgeschoben, sondern für eine besondere Behandlung aufgespart. Sie erinnern sich vielleicht, dass unser Kanzler und anderseits der Baron Rothschild, dessen Verwandten sie Millionen abzunötigen hofften, keineswegs in ein Gefangenenlager gesetzt wurden, sondern unter scheinbarer Bevorzugung in ein Hotel, das Hotel Metropole, das zugleich Hauptquartier der Gestapo war, übergeführt, wo jeder ein abgesondertes Zimmer erhielt. Auch mir unscheinbarem Mann wurde diese Auszeichnung erwiesen.

Ein eigenes Zimmer in einem Hotel — nicht wahr, das klingt an sich äußerst human? Aber die Pression, mit der man uns das benötigte „Material" abzwingen wollte, sollte auf subtilere Weise funktionieren als durch rohe Prügel oder körperliche Folterung:[2] durch die denkbar raffinierteste Isolierung. Man tat uns nichts — man stellte uns nur in das vollkommene Nichts, denn bekanntlich erzeugt kein Ding auf Erden einen solchen Druck auf die menschliche Seele wie das Nichts. Man hatte mir jeden Gegenstand abgenommen, die Uhr, damit ich nicht wisse um die Zeit, den Bleistift, dass ich nicht etwa schreiben könne, das Messer, damit ich mir nicht die Adern öffnen[3] könne.

Es gab nichts zu tun, nichts zu hören, nichts zu sehen, überall und ununterbrochen war um einen das Nichts, die

---

[1] **herauspressen** — выжать
[2] **Folterung**, f — пытка, истязание
[3] **die Adern öffnen** — вскрыть вены

völig raumlose und zeitlose Leere. Man wartete, wartete, man dachte, dachte, man dachte, bis einem die Schläfen schmerzten. Nichts geschah. Man blieb allein. Allein. Allein. Das dauerte vierzehn Tage, die ich außerhalb der Zeit, außerhalb der Welt lebte. Wäre damals ein Krieg ausgebrochen, ich hätte es nicht erfahren. Dann endlich begannen die Verhöre[1]. Man wurde gerufen und durch ein paar Gänge geführt, man wußte nicht wohin; dann wartete man irgendwo und wußte nicht wo und stand plötzlich vor einem Tisch, um den ein paar uniformierte Leute saßen. Auf dem Tisch lag ein Stoß Papier: die Akten, von denen man nicht wusste, was sie enthielten, und dann begannen die Fragen, die echten und die falschen, die klaren und die tückischen, die Deckfragen und Fangfragen, und während man antwortete, blätterten fremde, böse Finger in den Papieren, von denen man nicht wußte, was sie enthielten, und fremde, böse Finger schrieben etwas in ein Protokoll, und man wußte nicht, was sie schrieben. Aber das Fürchterlichste bei diesen Verhören für mich war, daß ich nie erraten und errechnen konnte, was die Gestapoleute von den Vorgängen in meiner Kanzlei tatsächlich wußten und was sie erst aus mir herausholen wollten. Wie ich Ihnen bereits sagte, hatte ich die eigentlich belastenden Papiere meinem Onkel in letzter Stunde durch die Haushälterin geschickt. Aber hatte er sie erhalten? Hatte er sie nicht erhalten? Und da ich nie errechnen konnte, wieviel sie schon ausgekundschaftet[2] hatten, wurde jede Antwort zur ungeheuersten Verantwortung. Aber das Verhör war noch nicht das Schlimmste. Das Schlimmste war das Zurückkommen nach dem Verhör in mein Nichts. Denn kaum allein mit mir, versuchte ich zu rekonstruieren,

---

[1] **Verhöre**, n — допрос
[2] **auskundschaften** — тайно выведывать (разведывать)

was ich am klügsten hätte antworten sollen und was ich das nächste Mal sagen müsste. Im Konzentrationslager hätte man vielleicht Steine karren müssen, bis einem die Hände bluteten und die Füße in den Schuhen abfroren. Aber man hätte Gesichter gesehen, man hätte ein Feld, irgendetwas anstarren können, indes hier immer dasselbe, das entsetzliche Dasselbe. Hier war nichts, was mich ablenken konnte von meinen Gedanken. Und gerade das beabsichtigten sie — ich sollte doch würgen[1] und würgen an meinen Gedanken, bis sie mich erstickten und ich nicht anders konnte, als sie schließlich auszusagen, alles auszusagen, was sie wollten, endlich das Material und die Menschen auszuliefern. Um mich zu beschäftigen, versuchte ich alles, was ich jemals auswendig gelernt. Dann versuchte ich zu rechnen, beliebige Zahlen zu addieren, zu dividieren, aber mein Gedächtnis hatte im Leeren keine festhaltende Kraft. Ich konnte mich auf nichts konzentrieren. Immer fuhr und flackerte derselbe Gedanke dazwischen: Was wissen sie? Was habe ich gestern gesagt, was muss ich das nächste Mal sagen?

Dieser eigentlich unbeschreibbare Zustand dauerte vier Monate. Nun — vier Monate, das schreibt sich leicht hin: nicht mehr als ein Buchstabe! Das spricht sich leicht aus: vier Monate — vier Silben. In einer Viertelstunde hat die Lippe rasch so einen Laut artikuliert: vier Monate! An kleinen Zeichen wurde ich beunruhigt gewahr, dass mein Gehirn in Unordnung geriet. Im Anfang war ich bei den Vernehmungen noch innerlich klar gewesen, ich hatte ruhig und überlegt ausgesagt; jenes Doppeldenken, was ich sagen sollte und was nicht, hatte noch funktioniert. Jetzt könne ich schon die einfachsten Sätze nur mehr stammelnd artikulieren. Ich spürte, meine Kraft ließ nach, ich spürte, immer näher rückte der Augenblick, in dem ich, um mich

---

[1] **würgen** — задохнуться, давить

Schachnovelle

zu retten, alles sagen würde, was ich wusste und vielleicht noch mehr, in dem ich, um dem Würgen[1] dieses Nichts zu entkommen, zwölf Menschen und ihre Geheimnisse verraten würde, ohne mir selbst damit mehr zu schaffen als einen Atemzug Rast. An einem Abend war es wirklich schon so weit: als der Wärter zufällig in diesem Augenblick des Erstickens mir das Essen brachte, schrie ich ihm plötzlich nach: „Führen Sie mich zur Vernehmung! Ich will alles sagen! Ich will sagen, wo die Papiere sind, wo das Geld liegt! Alles werde ich sagen, alles!"

Glücklicherweise hörte er mich nicht mehr. Vielleicht wollte er mich auch nicht hören. In dieser äußersten Not ereignete sich nun etwas Unvorhergesehenes, was Rettung bot, Rettung zum mindesten für eine gewisse Zeit. Im Vorzimmer des Untersuchungsrichters musste ich warten. Immer musste man bei jeder Vorführung warten: auch dieses Wartenlassen gehörte zur Technik. Und man ließ mich besonders lange warten an diesem Donnerstag. Die Tür war anders gestrichen, ein anderer Sessel stand an der Wand und links ein Registerschrank mit Akten sowie eine Garderobe mit Aufhängern, an denen drei oder vier nasse Militärmäntel, die Mäntel meiner Folterknechte, hingen. Ich hatte also etwas Neues, zu betrachten, endlich einmal etwas anderes mit meinen ausgehungerten Augen, und sie krallten sich gierig[2] an jede Einzelheit. Plötzlich blieb mein Blick starr an etwas haften. Ich hatte entdeckt, dass an einem der Mäntel die Seitentasche etwas aufgebauscht war. Ich trat näher heran und glaubte an der rechteckigen Form der Ausbuchtung zu erkennen, was diese etwas geschwellte Tasche in sich barg: ein Buch! Mir begannen die Knie zu zittern: ein BUCH! Vier Monate lang hatte ich kein Buch in der Hand gehabt, und schon die bloße Vorstellung eines

---
[1] **Würgen**, n — рвотное движение
[2] **gierig** — жадный

Buches hatte etwas Berauschendes[1]. Schließlich konnte ich meine Gier nicht verhalten; unwillkürlich schob ich mich näher heran. Schon der Gedanke, ein Buch durch den Stoff mit den Händen wenigstens antasten zu können, machte mir die Nerven in den Fingern bis zu den Nägeln glühen. Glücklicherweise achtete der Wärter nicht auf mein sonderbares Gehaben[2]. Schließlich stand ich schon ganz nahe bei dem Mantel. Ich tastete den Stoff an und fühlte tatsächlich durch den Stoff etwas Rechteckiges — ein Buch! Ein Buch! Und wie ein Schuss durchzuckte mich der Gedanke: stiehl dir das Buch! Vielleicht gelingt es, und du kannst dir's in der Zelle verstecken und dann endlich wieder einmal lesen! Aber nach der ersten Betäubung[3] drängte ich mich leise und listig noch näher an den Mantel, ich drückte, immer dabei den Wächter fixierend, mit den hinter dem Rücken versteckten Händen das Buch von unten aus der Tasche höher und höher. Und dann: ein Griff, ein leichter, vorsichtiger Zug, und plötzlich hatte ich das kleine, nicht sehr umfangreiche Buch in der Hand. Jetzt erst erschrak ich vor meiner Tat.

Aber ich konnte nicht mehr zurück. Nun galt es die erste Probe. Ich trat von der Garderobe weg, einen Schritt, zwei Schritte, drei Schritte. Es ging. Es war möglich, das Buch im Gehen festzuhalten, wenn ich nur die Hand fest an den Gürtel preßte.

Dann kam die Vernehmung. Sie erforderte meinerseits mehr Anstrengung als je, denn eigentlich konzentrierte ich meine ganze Kraft, während ich antwortete, nicht auf meine Aussage, sondern vor allem darauf, das Buch unauffällig festzuhalten. Glücklicherweise fiel das Verhör diesmal kurz aus, und ich brachte das Buch heil in mein Zimmer.

---

[1] **berauschendes** — опьяняющий, дурманящий
[2] **Gehaben**, n — поведение, образ мыслей
[3] **Betäubung**, f — состояние одурманивания

Schachnovelle

Nun vermuten Sie wahrscheinlich, ich hätte sofort das Buch gepackt, betrachtet, gelesen. Keineswegs! Erst wollte ich die Vorlust auskosten, dass ich ein Buch bei mir hatte. Aber schließlich konnte ich meine Gier, meine Neugier nicht länger verhalten.

Der erste Blick war eine Enttäuschung und sogar eine Art erbitterter Ärger: dieses mit so ungeheurer Gefahr erbeutete[1] Buch war nichts anderes als ein Schachrepetitorium, eine Sammlung von hundertfünfzig Meisterpartien. Wäre ich nicht verschlossen gewesen, ich hätte im ersten Zorn das Buch durch ein offenes Fenster geschleudert, denn was sollte, was konnte ich mit diesem Nonsens beginnen?

Ich hatte als Knabe im Gymnasium wie die meisten anderen mich ab und zu aus Langeweile vor einem Schachbrett versucht. Aber was sollte mir dieses theoretische Zeug? Alles das schien mir eine Art Algebra, zu der ich keinen Schlüssel fand.

Vielleicht, überlegte ich, könnte ich mir in meiner Zelle eine Art Schachbrett konstruieren und dann versuchen, diese Partien nachzuspielen; wie ein himmlischer Wink erschien es mir, dass mein Bettuch sich zufällig als grob kariert erwies. Richtig zusammengefaltet, ließ es sich am Ende so legen, um vierundsechzig Felder zusammenzubekommen.

Ich versteckte also zunächst das Buch unter der Matratze und riß die erste Seite heraus. Dann begann ich aus kleinen Krümeln, die ich mir von meinem Brot absparte, in selbstverständlich lächerlich unvollkommener Weise die Figuren des Schachs, König, Königin und so weiter, zurechtzumodeln; nach endlosem Bemühen konnte ich es schließlich unternehmen, auf dem karierten Bettuch die im Schachbuch abgebildeten Positionen zu rekonstruieren. Als ich aber versuchte, die ganze Partie nachzuspielen,

---

[1] **erbeuten** — захватить, взять (в качестве трофея)

Schachnovelle

misslang es zunächst vollkommen mit meinen lächerlichen Krümelfiguren. Ich verwirrte[1] mich in den ersten Tagen unablässig[2]. Nach sechs Tagen spielte ich schon die Partie zu Ende, nach weiteren acht Tagen benötigte ich nicht einmal die Krümel auf dem Bettuch mehr, um mir die Positionen aus dem Schachbuch zu vergegenständlichen, und nach weiteren acht Tagen wurde auch das karierte Bettuch entbehrlich[3]; automatisch verwandelten sich die anfangs abstrakten Zeichen des Buches a, a, c, c hinter meiner Stirn zu visuellen Positionen.

Nach weiteren vierzehn Tagen war ich mühelos imstande, jede Partie aus dem Buch auswendig — oder, wie der Fachausdruck lautet: blind — nachzuspielen; jetzt erst begann ich zu verstehen, welche u Wohltat mein frecher Diebstahl mir eroberte. Denn ich hatte mit einemmal Tätigkeit — eine sinnlose, aber doch eine, die das Nichts um mich zunichte machte, ich besaß mit den hundertfünfzig Turnierpartien eine wunderbare Waffe gegen die erdrückende Monotonie des Raumes und der Zeit.

Und was als bloß zeitfüllende Beschäftigung begonnen, wurde Genuß, und die Gestalten der großen Schachstrategen, wie Aljechin, Lasker, Bogoljubow, Tartakower, traten als geliebte Kameraden in meine Einsamkeit. Unendliche Abwechslung beseelte täglich die stumme Zelle, und gerade die Regelmäßigkeit meiner Exerzitien gab meiner Denkfähigkeit die schon erschütterte Sicherheit zurück; ich empfand mein Gehirn aufgefrischt und durch die ständige Denkdisziplin sogar noch gleichsam neu geschliffen. Dass ich klarer und konzentrierter dachte, erwies sich vor allem bei den Vernehmungen; von diesem Zeitpunkt an gab ich mir bei den Vernehmungen keine Blöße mehr, und mir

---

[1] **verwirren** — запутывать, сбивать с толку
[2] **unablässig** — безостановочно
[3] **entbehrlich** — ненужный, излишний

Schachnovelle

dünkte sogar, dass die Gestapoleute mich allmählich mit einem gewissen Respekt zu betrachten[1] begannen.

Diese meine Glückszeit dauerte etwa zweieinhalb bis drei Monate.

Dann geriet ich unvermuteterweise an einen toten Punkt. Plötzlich stand ich neuerdings vor dem Nichts. Denn sobald ich jede einzelne Partie zwanzig- oder dreißigmal durchgespielt hatte, verlor sie den Reiz der Neuheit, der Überraschung, so anregende Kraft war erschöpft. Welchen Sinn hatte es, nochmals und nochmals Partien zu wiederholen, die ich Zug um Zug längst auswendig kannte? Um mich zu beschäftigen, um mir die schon unentbehrlich gewordene Anstrengung und Ablenkung zu schaffen, hätte ich eigentlich ein anderes Buch mit anderen Partien gebraucht. Da dies aber vollkommen unmöglich war, gab es nur einen Weg auf dieser sonderbaren Irrbahn; ich musste mir statt der alten Partien neue erfinden. Ich musste versuchen, mit mir selbst oder vielmehr gegen mich selbst zu spielen.

Ich weiß nun nicht, bis zu welchem Grade Sie über die geistige Situation bei diesem Spiel der Spiele nachgedacht haben. Aber schon die flüchtigste[2] Überlegung dürfte ausreichen, um klarzumachen, dass beim Schach als einem reinen, vom Zufall abgelösten Denkspiel es logischerweise eine Absurdität bedeutet, gegen sich selbst spielen zu wollen. Das Attraktive des Schachs beruht doch im Grunde einzig darin, dass sich seine Strategie in zwei verschiedenen Gehirnen verschieden entwickelt, dass in diesem geistigen Kriege Schwarz die jeweiligen Manöver von Weiß nicht kennt und ständig zu erraten und zu durchkreuzen sucht, während seinerseits wiederum Weiß die geheimen Absichten von Schwarz zu überholen und parieren strebt.

---

[1] **Mit Respekt betrachten** — относиться с уважением
[2] **flüchtig** — беглый, мимолётный

Nun, um mich kurz zu fassen diese Absurdität habe ich in meiner Verzweiflung monatelang versucht. Aber ich hatte keine Wahl als diesen Widersinn, um nicht dem puren Irrsinn oder einem völligen geistigen Marasmus zu verfallen. Ich war durch meine fürchterliche Situation gezwungen, diese Spaltung in ein Ich Schwarz und ein Ich Weiß zumindest zu versuchen, um nicht erdrückt zu werden von dem grauenhaften Nichts um mich."

Dr. B. lehnte sich zurück in den Liegestuhl und schloß für eine Minute die Augen. Es war, als ob er eine verstörende Erinnerung gewaltsam unterdrücken wollte.

„So — bis zu diesem Punkte hoffe ich, Ihnen alles ziemlich verständlich erklärt zu haben. Aber ich bin leider keineswegs gewiss, ob ich das Weitere Ihnen noch ähnlich deutlich veranschaulichen kann. Denn diese neue Beschäftigung erforderte eine so unbedingte Anspannung des Gehirns, dass sie jede gleichzeitige Selbstkontrolle unmöglich machte. Ich deutete Ihnen schon an, dass meiner Meinung nach es an sich schon Nonsens bedeutet, Schach gegen sich selber spielen zu wollen; aber selbst diese Absurdität hätte immerhin noch eine minimale Chance mit einem realen Schachbrett vor sich, weil das Schachbrett durch seine Realität immerhin noch eine gewisse Distanz, eine materielle Exterritorialisierung erlaubt. Ich musste — verzeihen Sie, dass ich Ihnen zumute, diesen Irrsinn durchzudenken — bei diesem Spiel im abstrakten Raum der Phantasie als Spieler Weiß vier oder fünf Züge vorausberechnen und ebenso als Spieler Schwarz, also alle sich in der Entwicklung ergebenden Situationen gewissermaßen mit zwei Gehirnen vorauskombinieren, mit dem Gehirn Weiß und dem Gehirn Schwarz. Aber selbst diese Selbstzerteilung war noch nicht das Gefährlichste an meinem abstrusen Experiment, sondern dass ich durch das selbständige Ersinnen von Partien mit einemmal den Boden unter den Füßen verlor und ins Bodenlose geriet. Das bloße Nachspielen der Meisterpartien, wie ich es in den vorhergehenden Wochen geübt, war schließlich nichts als eine reproduktive Leistung gewesen, es war eine begrenzte, eine disziplinierte Tätigkeit und darum ein ausgezeichnetes Exercitium mentale.

Nur darum war diese Tätigkeit für meine erschütterten Nerven eine so heilsame und eher beruhigende gewesen, weil ein Nachspielen fremder Partien nicht mich selber ins Spiel brachte; ob Schwarz oder Weiß siegte, blieb mir gleichgültig, es waren doch Aljechin oder Bogoljubow, die um die Palme des Champions kämpften, und meine eigene Person, mein Verstand, meine Seele genossen einzig als Zuschauer jener Partien. Von dem Augenblick an, da ich aber gegen mich zu spielen versuchte, begann ich mich unbewusst herauszufordern. Jedes meiner beiden Ich, mein Ich Schwarz und mein Ich Weiß, hatten zu wetteifern[1] gegeneinander; ich fieberte als Ich Schwarz nach jedem Zuge, was das Ich Weiß tun würde. Jedes meiner beiden Ich triumphierte, wenn das andere einen Fehler machte, und erbitterte sich gleichzeitig über sein eigenes Ungeschick.

Das alles scheint sinnlos, und in der Tat wäre ja eine solche künstliche Schizophrenie. Aber vergessen Sie nicht, dass ich aus aller Normalität gewaltsam gerissen war, unschuldig eingesperrt. Und da ich nichts anderes hatte als dies unsinnige Spiel gegen mich selbst, fuhr meine Wut, meine Rachelust fanatisch in dieses Spiel hinein. Etwas in mir wollte recht behalten, und ich hatte doch nur dieses andere Ich in mir, das ich bekämpfen konnte; so steigerte ich mich während des Spieles in eine fast manische Erregung. Im Anfang hatte ich noch ruhig und überlegt gedacht, ich hatte Pausen eingeschaltet zwischen einer und der anderen Partie, um mich von der Anstrengung zu erholen; aber allmählich erlaubten meine gereizten Nerven

---

[1] **wetteifern** — соревноваться

Schachnovelle

mir kein Warten mehr. Kaum hatte mein Ich Weiß einen Zug getan, stieß schon mein Ich Schwarz fiebrig vor. Es war eine Besessenheit, deren ich mich nicht erwehren konnte; von früh bis nachts dachte ich an nichts als an Läufer und Bauern und Turm und König und a und b und c und Matt und Rochade, mit meinem ganzen Sein und Fühlen stieß es mich in das karierte Quadrat. Aus der Spielfreude war eine Spiellust geworden, aus der Spiellust ein Spielzwang, eine Manie. Ich konnte nur Schach denken, nur in Schachbewegungen, Schachproblemen; manchmal wachte ich mit feuchter Stirn auf und erkannte, dass ich sogar im Schlaf unbewusst weitergespielt haben musste. Selbst wenn ich zum Verhör gerufen wurde, konnte ich nicht mehr konzis an meine Verantwortung denken; ich habe die Empfindung, dass bei den letzten Vernehmungen ich mich ziemlich konfus ausgedrückt haben muss, denn die Verhörenden blickten sich manchmal befremdet an. Aber in Wirklichkeit wartete ich, während sie fragten und berieten, in meiner unseligen Gier doch nur darauf, wieder zurückgeführt zu werden in meine Zelle, um mein Spiel, mein irres Spiel, fortzusetzen, eine neue Partie und noch eine und noch eine. Jede Unterbrechung wurde mir zur Störung; selbst die Viertelstunde, da der Wärter die Gefängniszelle aufräumte, die zwei Minuten, da er mir das Essen brachte, quälten meine fiebrige Ungeduld. Das einzige, was ich körperlich empfand, war ein fürchterlicher Durst; es muss wohl schon das Fieber dieses ständigen Denkens und Spielens gewesen sein; ich trank die Flasche leer in zwei Zügen und quälte den Wärter um mehr und fühlte dennoch im nächsten Augenblick die Zunge schon wieder trocken im Munde. Schließlich steigerte sich meine Erregung während des Spielens — und ich tat nichts anderes mehr von morgens bis nachts — zu solchem Grade, dass ich nicht einen Augenblick mehr stillzusitzen vermochte. Wie dieser grauenhafte Zustand zur Krise kam, vermag ich

Schachnovelle

selbst nicht zu berichten. Alles, was ich darüber weiß, ist, dass ich eines Morgens aufwachte, und es war ein anderes Erwachen als sonst. Mein Körper war gleichsam abgelöst von mir. Eine dichte, gute Müdigkeit, wie ich sie seit Monaten nicht gekannt, lag auf meinen Lidern, lag so warm und wohltätig auf ihnen, dass ich mich zuerst gar nicht entschließen konnte, die Augen aufzutun. Auf einmal war mir, als ob ich hinter mir Stimmen hörte, lebendige menschliche Stimmen, die Worte sprachen, und Sie können sich mein Entzücken[1] nicht ausdenken, denn ich hatte doch seit Monaten, seit bald einem Jahr keine anderen Worte gehört als die harten, scharfen und bösen von der Richterbank. „Du träumst", sagte ich mir. „Du träumst! Tu keinesfalls die Augen auf! Lass ihn noch dauern, diesen Traum, sonst siehst du wieder die verfluchte Zelle um dich, den Stuhl und den Waschtisch und den Tisch und die Tapete mit dem ewig gleichen Muster. Du träumst — träume weiter!"

Aber die Neugier behielt die Oberhand. Ich schlug langsam und vorsichtig die Lider auf. Und Wunder: es war ein anderes Zimmer, in dem ich mich befand. Ein ungegittertes Fenster ließ freies Licht herein und einen Blick auf die Bäume, grüne, im Wind wogende Bäume statt meiner starren Feuermauer, weiß und glatt glänzten die Wände, weiß und hoch hob sich über mir die Decke — wahrhaftig, ich lag in einem neuen, einem fremden Bett, und wirklich, es war kein Traum, hinter mir flüsterten leise menschliche Stimmen. Unwillkürlich muss ich mich in meiner Überraschung heftig geregt haben, denn schon hörte ich hinter mir einen nahenden Schritt. Eine Frau kam weichen Gelenks heran, eine Frau mit weißer Haube über dem Haar, eine Pflegerin, eine Schwester. Ein Schauer des Entzückens fiel über mich: ich hatte seit einem Jahr keine Frau gesehen. Ich starrte die holde Erscheinung an, und es muss ein wilder Aufblick

---

[1] **entzücken** — восхищать, приводить в восторг

gewesen sein, denn „Ruhig! Bleiben Sie ruhig!" beschwichtigte[1] mich dringlich die Nahende. Ich aber lauschte nur auf ihre Stimme — war das nicht ein Mensch, der sprach? Und dazu noch eine weiche, warme, eine fast zärtliche Frauenstimme. Gierig starrte ich auf ihren Mund, denn es war mir in diesem Höllenjahr unwahrscheinlich geworden, dass ein Mensch gütig zu einem andern sprechen könnte. Sie lächelte mir zu, dann legte sie den Finger mahnend auf die Lippen und ging leise weiter. Aber ich konnte ihrem Gebot nicht gehorchen. Ich hatte mich noch nicht sattgesehen an dem Wunder. Gewaltsam versuchte ich mich in dem Bette aufzurichten, um ihr nachzublicken. Aber wie ich mich am Bettrande aufstützen wollte, gelang es mir nicht. Wo sonst meine rechte Hand gewesen, Finger und Gelenk, spürte ich etwas Fremdes, einen dicken, offenbar einen umfangreichen Verband. Ich staunte dieses Weiße, Dicke, Fremde an meiner Hand zuerst verständnislos an, dann begann ich langsam zu begreifen, wo ich war, und zu überlegen, was mit mir geschehen sein mochte. Man musste mich verwundet haben, oder ich hatte mich selbst an der Hand verletzt. Ich befand mich in einem Hospital. Mittags kam der Arzt, ein freundlicher älterer Herr. Er kannte den Namen meiner Familie und erwähnte derart respektvoll meinen Onkel, den kaiserlichen Leibarzt, dass mich sofort das Gefühl überkam, er meine es gut mit mir. Im weiteren Verlauf richtete er allerhand Fragen an mich, vor allem eine, die mich erstaunte — ob ich Mathematiker sei oder Chemiker. Ich verneinte. „Sonderbar", murmelte er. „Im Fieber haben Sie immer so sonderbare Formeln geschrien — c3, c4. Wir haben uns alle nicht ausgekannt."

Ich erkundigte mich, was mit mir vorgegangen sei. Er lächelte merkwürdig. „Nichts Ernstliches. Eine akute Ir-

---

[1] **beschwichtigen** — успокаивать, унимать

Schachnovelle

ritation der Nerven[1]", und fügte, nachdem er sich zuvor vorsichtig umgeblickt hatte, leise bei: „Schließlich eine recht verständliche. Seit dem 13. März, nicht wahr?" Ich nickte.

„Kein Wunder bei dieser Methode", murmelte er. „Sie sind nicht der erste. Aber sorgen Sie sich nicht."

An der Art, wie er mir dies beruhigend zuflüsterte, und dank seines begütigenden Blickes wußte ich, dass ich bei ihm gut geborgen war. Zwei Tage später erklärte mir der gütige Doktor ziemlich freimütig, was vorgefallen war. Der Wärter hatte mich in meiner Zelle laut schreien gehört und zunächst geglaubt, dass jemand eingedrungen sei, mit dem ich streite. Kaum er sich aber an der Tür gezeigt, hatte ich mich auf ihn gestürzt und ihn mit wilden Ausrufen angeschrien. Als man mich in meinem tollwütigen Zustand dann zur ärztlichen Untersuchung schleppte, hätte ich mich plötzlich losgerissen, auf das Fenster im Gang gestürzt, die Scheibe eingeschlagen und mir dabei die Hand zerschnitten. Die ersten Nächte im Hospital hatte ich in einer Art Gehirnfieber verbracht, aber jetzt finde er mein Sensorium völlig klar. „Freilich", fügte er leise bei, „werde ich das lieber nicht den Herrschaften melden, sonst holt man Sie am Ende noch einmal dorthin zurück.

Verlassen Sie sich auf mich, ich werde mein Bestes tun."
Was dieser hilfreiche Arzt meinen Peinigern[2] über mich berichtet hat, entzieht sich meiner Kenntnis. Jedenfalls erreichte er, was er erreichen wollte: meine Entlassung. So brauchte ich nur die Verpflichtung zu unterzeichnen, unsere Heimat innerhalb von vierzehn Tagen zu verlassen. Und nun werden Sie begreifen, warum ich mich ahrscheinlich unverständlich Ihren Freunden gegenüber benom-

---

[1] **akute Irritation der Nerven** — острое расстройство нервной системы
[2] **Peiniger**, m — мучитель

men. Ich schlenderte doch nur ganz zufällig durch den Rauchsalon, als ich Ihre Freunde vor dem Schachbrett sitzen sah; unwillkürlich fühlte ich den Fuß angewurzelt vor Staunen und Schrecken. Denn ich hatte total vergessen, dass man Schach spielen kann an einem wirklichen Schachbrett und mit wirklichen Figuren, vergessen, dass bei diesem Spiel zwei völlig verschiedene Menschen einander leibhaftig gegenübersitzen. Allmählich überkam mich die Neugier, ein solches reales Spiel zwischen zwei Partnern zu beobachten. Und da passierte das Peinliche, dass ich, alle Höflichkeit vergessend, mich einmengte in Ihre Partie. Aber dieser falsche Zug Ihres Freundes traf mich wie ein Stich ins Herz.[1] Erst später wurde mir die grobe Ungehörigkeit klar, deren ich mich durch meine Vordringlichkeit[2] schuldig gemacht."

Ich beeilte mich, Dr. B. zu versichern, wie sehr wir alle uns freuen, diesem Zufall seine Bekanntschaft zu verdanken, und dass es für mich nach all dem, was er mir nvertraut, nun doppelt interessant sein werde, ihm morgen bei dem improvisierten Turnier zusehen zu dürfen. Dr. B. machte eine unruhige Bewegung.

„Nein, erwarten Sie wirklich nicht zu viel. Es soll nichts als eine Probe für mich sein ... eine Probe, ob ich ... ob ich überhaupt fähig bin, eine normale Schachpartie zu spielen, eine Partie auf einem wirklichen Schachbrett mit faktischen Figuren und einem lebendigen Partner ... Was mich interessiert und intrigiert, ist einzig die Neugier, festzustellen, ob das in der Zelle damals noch Schachspiel oder schon Wahnsinn gewesen — nur dies, nur dies allein."

Vom Schiffsende tönte in diesem Augenblick der Gong, der zum Abendessen rief. Wir mußten — Dr. B. hatte mir alles viel ausführlicher berichtet, als ich es hier zusammen-

---

[1] **wie ein Stich ins Herz** — как удар в сердце
[2] **Vordringlichkeit**, — неотложная необходимость

fasse — fast zwei Stunden verplaudert haben. Ich dankte ihm herzlich und verabschiedete mich. Aber noch war ich nicht das Deck entlang, so kam er mir schon nach und fügte sichtlich nervös und sogar etwas stottrig bei: „Noch eines! Wollen Sie den Herren gleich im voraus ausrichten, damit ich nachträglich nicht unhöflich erscheine; ich spiele nur eine einzige Partie ... sie soll nichts als der Schlußstrich unter eine alte Rechnung sein — eine endgültige Erledigung und nicht ein neuer Anfang ... Ich möchte nicht ein zweites Mal in dieses leidenschaftliche Spielfieber geraten, an das ich nur mit Grauen zurückdenken kann ... und übrigens ... übrigens hat mich damals auch der Arzt gewarnt ... ausdrücklich gewarnt. Jeder, der einer Manie verfallen war, bleibt für immer gefährdet, und mit einer — wenn auch ausgeheilten — Schachvergiftung soll man besser keinem Schachbrett nahekommen ... Also Sie verstehen — nur diese eine Probepartie für mich selbst und nicht mehr."

Pünktlich um die vereinbarte Stunde, drei Uhr, waren wir am nächsten Tag im Rauchsalon versammelt. Auch Czentovic ließ nicht auf sich warten. Es tut mir leid, dass sie nur für uns durchaus unkompetente Zuschauer gespielt wurde und ihr Ablauf für die Annalen der Schachkunde ebenso verloren ist wie Beethovens Klavierimprovisationen für die Musik. Zwar haben wir an den nächsten Nachmittagen versucht, die Partie gemeinsam aus dem Gedächtnis zu rekonstruieren, aber vergeblich; wahrscheinlich hatten wir alle während des Spiels zu passioniert auf die beiden Spieler statt auf den Gang des Spiels geachtet. Denn der geistige Gegensatz im Habitus der beiden Partner wurde im Verlauf der Partie immer mehr körperlich plastisch. Czentovic, der Routinier, blieb während der ganzen Zeit unbeweglich wie ein Block, die Augen streng und starr auf das Schachbrett gesenkt; Nachdenken schien bei ihm eine geradezu physische Anstrengung, die alle seine Organe zu äußerster Konzentration nötigte. Dr. B. dagegen bewegte sich vollkommen locker und unbefangen. Als der rechte

Schachnovelle

Dilettant im schönsten Sinne des Wortes, dem im Spiel nur das Spiel, das „diletto" Freude macht, ließ er seinen Körper völlig entspannt, plauderte während der ersten Pausen erklärend mit uns, zündete sich mit leichter Hand eine Zigarette an und blickte immer nur gerade, wenn an ihn die Reihe kam, eine Minute auf das Brett. Jedesmal hatte es den Anschein, als hätte er den Zug des Gegners schon im voraus erwartet.

Die obligaten Eröffnungszüge ergaben sich ziemlich rasch. Erst beim siebenten oder achten schien sich etwas wie ein bestimmter Plan zu entwickeln. Czentovic verlängerte seine Überlegungspausen; daran spürten wir, dass der eigentliche Kampf um die Vorhand einzusetzen begann. Aber um der Wahrheit die Ehre zu geben, bedeutete die allmähliche Entwicklung der Situation wie jede richtige Turnierpartie für uns Laien eine ziemliche Enttäuschung. Denn je mehr sich die Figuren zu einem sonderbaren Ornament ineinander verflochten[1], um so undurchdringlicher[2] wurde für uns der eigentliche Stand. Wir konnten weder wahrnehmen, was der eine Gegner noch was der andere beabsichtigte, und wer von den beiden sich eigentlich im Vorteil befand. Wir merkten bloß, dass sich einzelne Figuren wie Hebel verschoben, um die feindliche Front aufzusprengen, aber wir vermochten nicht — da bei diesen überlegenen Spielern jede Bewegung immer auf mehrere Züge vorauskombiniert war, — die strategische Absicht in diesem Hin und Wider zu erfassen. Dazu gesellte sich allmählich eine lähmende Ermüdung[3], die hauptsächlich durch die endlosen Überlegungspausen Czentovics verschuldet war, die auch unseren Freund sichtlich zu irritieren begannen. Er musste mit seinem rapid arbeitenden Verstand im Kopf alle Möglichkeiten des Gegners vorausberechnet haben; je

---
[1] **verflechten** — тесно связанный
[2] **Undurchdringlich** — непроницаемый
[3] **Ermüdung**, f — усталость

Schachnovelle

länger darum Czentovics Entschließung sich verzögerte, um so mehr wuchs seine Ungeduld, und um seine Lippen preßte sich während des Wartens ein ärgerlicher und fast feindseliger Zug. Aber Czentovic ließ sich keineswegs drängen. Er überlegte stur und stumm und pausierte immer länger, je mehr sich das Feld von Figuren entblößte. Beim zweiundvierzigsten Zuge, nach geschlagenen zweidreiviertel Stunden, saßen wir schon alle ermüdet und beinahe teilnahmslos um den Turniertisch. Aber da geschah plötzlich bei einem Zuge Czentovics das Unerwartete. Sobald Dr. B. merkte, dass Czentovic den Springer fasste, um ihn vorzuziehen, duckte er sich zusammen wie eine Katze vor dem Ansprung. Sein ganzer Körper begann zu zittern, und kaum hatte Czentovic den Springerzug getan, schob er scharf die Dame vor, sagte laut triumphierend: „So! Erledigt!", lehnte sich zurück, kreuzte die Arme über der Brust und sah mit herausforderndem Blick auf Czentovic.

Unwillkürlich beugten wir uns über das Brett, um den so triumphierend angekündigten Zug zu verstehen. Auf den ersten Blick war keine direkte Bedrohung sichtbar. Die Äußerung unseres Freundes musste sich also auf eine Entwicklung beziehen, die wir Dilettanten noch nicht errechnen konnten. Czentovic war der einzige unter uns, der sich bei jener herausfordernden Ankündigung nicht gerührt hatte; er saß so unerschütterlich, als ob er das beleidigende „Erledigt!" völlig überhört hätte. Nichts geschah. Es wurden drei Minuten, sieben Minuten, acht Minuten — Czentovic rührte sich nicht, aber mir war als ob sich von einer inneren Anstrengung seine dicken Nüstern noch breiter dehnten.

Unserem Freunde schien dieses stumme Warten ebenso unerträglich wie uns selbst. Mit einem Ruck stand er plötzlich auf und begann im Rauchzimmer auf und ab zu gehen, erst langsam, dann schneller und immer schneller. Alle blickten wir ihm etwas verwundert zu, aber keiner beunruhigter als ich, denn mir fiel auf, dass seine Schritte trotz aller Heftigkeit dieses Auf und Ab immer nur die gleiche Spanne Raum ausmaßen.

Aber noch schien sein Denkvermögen völlig intakt[1], denn von Zeit zu Zeit wandte er sich ungeduldig dem Tisch zu, ob Czentovic sich inzwischen schon entschieden hätte. Aber es wurden neun, es wurden zehn Minuten. Dann endlich geschah, was niemand von uns erwartet hatte. Czentovic hob langsam seine schwere Hand, die bisher unbeweglich auf dem Tisch gelegen. Gespannt blickten wir alle auf seine Entscheidung. Aber Czentovic tat keinen Zug, sondern sein gewendeter Handrücken schob mit einem entschiedenen Ruck alle Figuren langsam vom Brett. Erst im nächsten Augenblick verstanden wir: Czentovic hatte die Partie aufgegeben. Er hatte kapituliert, um nicht vor uns sichtbar mattgesetzt zu werden. Das Unwahrscheinliche hatte sich ereignet, der Weltmeister, der Champion zahlloser Turniere hatte die Fahne gestrichen[2] vor einem Unbekannten, einem Manne, der zwanzig oder fünfundzwanzig Jahre kein Schachbrett angerührt. Unser Freund, der Anonymus, der Ignotus, hatte den stärksten Schachspieler der Erde in offenem Kampfe besiegt!

Ohne es zu merken, waren wir in unserer Erregung einer nach dem anderen aufgestanden. Jeder von uns hatte das Gefühl, er müsste etwas sagen oder tun, um unserem freudigen Schrecken Luft zu machen. Der einzige, der unbeweglich in seiner Ruhe verharrte, war Czentovic. Erst nach einer gemessenen Pause hob er den Kopf und blickte unseren Freund mit steinernem Blick an.

„Noch eine Partie?" fragte er.

„Selbstverständlich", antwortete. Dr. B. mit einer mir unangenehmen Begeisterung und setzte sich.

„Nicht!" flüsterte ich ihm leise zu. „Nicht jetzt! Lassen Sie's für heute genug sein! Es ist für Sie zu anstrengend."

---

[1] **intakt** — здоровый, нормальный
[2] **die Fahne strichen** — опустить флаг

Schachnovelle

„Anstrengend! Ha!" lachte er laut „Siebzehn Partien hätte ich unterdessen spielen können statt dieser Bummelei[1]! Anstrengend ist für mich einzig bei diesem Tempo nicht einzuschlafen! — Nun! Fangen Sie schon einmal an!"

Diese letzten Worte hatte er in heftigem, beinahe grobem Ton zu Czentovic gesagt. Dieser blickte ihn ruhig und gemessen an, aber sein steinerner Blick hatte etwas von einer geballten Faust. Mit einemmal stand etwas Neues zwischen den beiden Spielern; eine gefährliche Spannung, ein leidenschaftlicher Haß. Es waren nicht zwei Partner mehr, die ihr Können spielhaft aneinander proben wollten, es waren zwei Feinde, die sich gegenseitig zu vernichten geschworen. Czentovic zögerte lange, ehe er den ersten Zug tat, und mich überkam das deutliche Gefühl, er zögerte mit Absicht so lange. Offenbar hatte der geschulte Taktiker schon herausgefunden, daß er gerade durch seine Langsamkeit den Gegner ermüdete . So setzte er nicht weniger als vier Minuten aus, ehe er die normalste aller Eröffnungen machte, indem er den Königsbauern die üblichen zwei Felder vorschob. Sofort fuhr unser Freund mit seinem Königsbauern ihm entgegen, aber wieder machte Czentovic eine endlose, kaum zu ertragende Pause; damit aber gab er mir reichlich Zeit, Dr. B. zu beobachten. Er hatte eben das dritte Glas Wasser hinabgestürzt; unwillkürlich erinnerte ich mich, dass er mir von seinem fiebrigen Durst in der Zelle erzählte. Alle Symptome einer anomalen Erregung zeichneten sich deutlich ab. Aber noch beherrschte er sich. Erst als beim vierten Zug Czentovic wieder endlos überlegte, verließ ihn die Haltung, und er fauchte ihn plötzlich an: „So spielen Sie doch schon einmal!"

Czentovic blickte kühl auf. „Wir haben meines Wissens zehn Minuten Zugzeit vereinbart. Ich spiele prinzipiell nicht mit kürzerer Zeit."

---

[1] **Bummelei**, f — медлительность

Dr. B., der immer unbeherrschter gewartet hatte, konnte seine Spannung nicht mehr verhalten; er rückte hin und her und begann unbewusst mit den Fingern auf dem Tisch zu trommeln. Abermals hob Czentovic seinen schweren bäurischen Kopf.
„Darf ich Sie bitten, nicht zu trommeln? Es stört mich. Ich kann so nicht spielen."
„Ha!" lachte Dr. B. kurz. „Das sieht man." Czentovics Stirn wurde rot. „Was wollen Sie damit sagen?" fragte er scharf und böse. Dr. B. lachte abermals knapp und boshaft. „Nichts. Nur dass Sie offenbar sehr nervös sind." Czentovic schwieg und beugte seinen Kopf nieder. Erst nach sieben Minuten tat er den nächsten Zug, und in diesem tödlichen Tempo schleppte sich die Partie fort. Czentovic versteinte gleichsam immer mehr; schließlich schaltete er immer das Maximum der vereinbarten Überlegungspause ein, ehe er sich zu einem Zug entschloß, und von einem Intervall zum andern wurde das Benehmen unseres Freundes sonderbarer. Es hatte den Anschein, als ob er an der Partie gar keinen Anteil mehr nehme, sondern mit etwas ganz anderem beschäftigt sei. Mit einem stieren und fast irren Blick ins Leere vor sich starrend, murmelte er ununterbrochen unverständliche Worte vor sich hin. Jedesmal, wenn Czentovic endlich gezogen hatte, musste man ihn aus seiner Geistesabwesenheit zurückmahnen. Dann brauchte er immer eine einzige Minute, um sich in der Situation wieder zurechtzufinden; immer mehr beschlich mich der Verdacht, er habe eigentlich Czentovic und uns alle längst vergessen in dieser kalten Form des Wahnsinns, der sich plötzlich in irgendeiner Heftigkeit entladen konnte. Und tatsächlich, bei dem neunzehnten Zug brach die Krise aus. Kaum daß Czentovic seine Figur bewegt, stieß Dr. B. plötzlich, ohne recht auf das Brett zu blicken, seinen Läufer drei Felder vor und schrie derart laut, dass wir alle zusammenfuhren: „Schach! Schach dem König!" Wir blickten in der Erwartung eines

Schachnovelle

besonderen Zuges sofort auf das Brett. Aber nach einer Minute geschah, was keiner von uns erwartet. Czentovic hob ganz, ganz langsam den Kopf und blickte — was er bisher nie getan — in unserem Kreise von einem zum andern. Er schien irgendetwas unermeßlich zu genießen, denn allmählich begann auf seinen Lippen ein zufriedenes und deutlich höhnisches Lächeln. Erst nachdem er diesen seinen uns noch unverständlichen Triumph bis zur Neige genossen, wandte er sich mit falscher Höflichkeit unserer Runde zu. „Bedaure — aber ich sehe kein Schach. Sieht vielleicht einer von den Herren ein Schach gegen meinen König?"

Wir blickten auf das Brett und dann beunruhigt zu Dr. B. hinüber. Czentovics Königsfeld war tatsächlich — ein Kind konnte das erkennen — durch einen Bauern gegen den Läufer völlig gedeckt, also kein Schach dem König möglich. Wir wurden unruhig. Sollte unser Freund in seiner Hitzigkeit eine Figur danebengestoßen haben, ein Feld zu weit oder zu nah? Durch unser Schweigen aufmerksam gemacht, starrte jetzt auch Dr. B. auf das Brett und begann heftig zu stammeln: „Aber der König gehört doch auf f7 ... er steht falsch, ganz falsch. Sie haben falsch gezogen! Alles steht ganz falsch auf diesem Brett ... der Bauer gehört doch auf g5 und nicht auf g4 ... das ist doch eine ganz andere Partie ... Das ist..."

Er stockte plötzlich. Ich hatte ihn heftig am Arm gepackt oder vielmehr ihn so hart in den Arm gekniffen, dass er selbst in seiner fiebrigen Verwirrtheit meinen Griff spüren musste. Er wandte sich um und starrte mich wie ein Traumwandler an.

„Was ... wollen Sie?"

Ich sagte nichts als „Remember[1]!" und fuhr ihm gleichzeitig mit dem Finger über die Narbe seiner Hand. Er folgte

---

[1] **remember** (англ.) — вспомните

unwillkürlich meiner Bewegung, sein Auge starrte glasig auf den blutroten Strich. Dann begann er plötzlich zu zittern, und ein Schauer lief über seinen ganzen Körper.

„Um Gottes willen", flüsterte er mit blassen Lippen. „Habe ich etwas Unsinniges gesagt oder getan ... bin ich am Ende wieder...?"

„Nein", flüsterte ich leise. „Aber Sie müssen sofort die Partie abbrechen, es ist höchste Zeit. Erinnern Sie sich, was der Arzt Ihnen gesagt hat!"

Dr. B. stand mit einem Ruck auf. „Ich bitte um Entschuldigung für meinen dummen Irrtum", sagte er mit seiner alten höflichen Stimme und verbeugte sich vor Czentovic. „Es ist natürlich purer Unsinn, was ich gesagt habe. Selbstverständlich bleibt es Ihre Partie." Dann wandte er sich zu uns. „Auch die Herren muss ich um Entschuldigung bitten. Aber ich hatte Sie gleich im Voraus gewarnt, Sie sollten von mir nicht zuviel erwarten. Verzeihen Sie die Blamage — es war das letztemal, dass ich mich im Schach versucht habe."

Er verbeugte sich und ging, in der gleichen bescheidenen[1] und geheimnisvollen Weise, mit der er zuerst erschienen. Nur ich wusste, warum dieser Mann nie mehr ein Schachbrett berühren würde, indes die anderen ein wenig verwirrt zurückblieben mit dem ungewissen Gefühl, mit knapper Not etwas Unbehaglichem[2] und Gefährlichem entgangen zu sein. „Damned fool!" knurrte McConnor in seiner Enttäuschung.

Als letzter erhob sich Czentovic von seinem Sessel und warf noch einen Blick auf die halbbeendete Partie. „Schade", sagte er großmütig. „Der Angriff war gar nicht so übel disponiert. Für einen Dilettanten ist dieser Herr eigentlich ungewöhnlich begabt."

---

[1] **bescheiden** — скромный (о человеке)
[2] **unbehaglich** — неприятный, неловкий

Alphabetisches Wörterverzeichnis

A

abbeißen грызть, откусывать
abbrechen отламывать, обламывать
Abdankung, f, <-, -en> отречение от престола
Abgrund, m -(e)s пропасть, бездна
Abhub, m, -(e)s объедки
absonderlich замысловатый, странный
Abwehr, f самозащита, сопротивление
Ader f, <-n> вена
akute Irritation der Nerven острое расстройство нервной системы
allein но, однако
allemal всегда, каждый раз
allerhand всевозможный
alles Dumpfe in mir war plötzlich aufgehellt всё смутное во мне вдруг прояснилось
allright, англ. всё в порядке
als как, будто, словно; чем (при сравнении)
Ameise f, <-n> муравей
ander другой, остальной
Anordnung f, <-, -en> условие
anprobieren примерять
Anregung, f, -en> стимул, побуждение
anschwemmen приносить течением
antun причинять; доставлять
Argwohn, m, <-(e)s> подозрение, недоверие

aschfal пепельный
Auerhahn, m, <-(e)s, ..hähne> глухарь
auffälig выделяющийся
aufnehmen принимать, встречать
aufrecht прямо (вертикально)
aufrichtig откровенный
aufschütteln встряхивать; взбивать
Auge f, <-, n > глаз
ausbacken пропечься
ausbleiben не приходить, отсутствовать
ausgeben расходовать; тратить; выходить, отправляться
auskundschaften тайно выведывать (разведывать)
ausschmücken приукрашивать
außerstande sein быть не в состоянии сделать что-либо
ausweichend уклончивый
Automobilschleier, m, <-s, -> дорожная вуаль
Autopsie, f, <-,..sien> — вскрытие

B

Backofen, der хлебопекарная печь
bald чуть (не), почти; скоро
Bändchen ленточка; тесьма
beben дрожать
bedecken покрывать
Bedingung, f условие *(требование)*
Bedrängnis, *f* <-, -se> стеснение
Bedrücktheit, f — подавленность
Befund, m, <-(e)s, -e> результат экспертизы
begehrend — (nach D) желать
Begleitschreiben, n сопроводительная записка
behaglich спокойный, комфортный
beherrschen владеть
beisammensein, n наравне
beneiden завидоввть
berauschend опьяняющий, дурманящий
bescheiden скромный (о человеке)
Beschlagnahme, f, <-, -n> конфискация, арест имущества

beschönigen скрашивать
beschwichtigen успокаивать, унимать
bestreichen намазывать; смазывать
Betäubung, f, <-, -en> состояние одурманивания
beten молиться
Bett, n постель; кровать
Bettler, m нищий
Bileams Esel Валаамова ослица
blind zu spielen сыграть вслепую
Braut, f невеста
Bräutigam, m <-s, -e> жених, *новобрачный*
Brautleute *pl* новобрачные; жених и невеста
brummig ворчливый
brüsk резкий
Bug, m, <-(e)s, -e> носовая часть
Bummelei, f медлительность
büßen искупать вину, каяться

D

dahin туда; до (того) места
damit для того, чтобы; с этим, тем, (н)им, (н)ею
dämmerig сумеречный
darauf после того, затем, потом
das Blut flog in die Wangen кровь прихлынула к щекам
dass что (so — dass так, что); чтобы
der heimische Nationalstolz lebhaft entzündet местный патриотизм был задет за живое
Der Teufel war los разыгрался скандал
derart такого рода
Dickicht, n, <-s, -e> заросли, чаща
die Adern öffnen вскрыть вены
die Fahne strichen опустить флаг
die letzte Ölung соборование
Dolch, n, <-(e), -e> кинжал
Dornenhecke, die <-, -n> колючая изгородь
drängen, dringen, dringt, dringte быть срочным
drehen поворачивать; крутить; вращать

dreimal три раза, трижды
droben (там) наверху
druck vorwärts атаковать
ducken втягивать голову в плечи

E

Edelstein, m <-(e)s, -e> драгоценный камень
ehe прежде чем, раньше чем, сперва
Ehrfurcht, f, <-> *(vor D)* почтение
Eichhörnchen, n <-s, -> белка
Eid, m, <-(e)s, -e> клятва
eigen sein принадлежать
eilfertig, adj поспешно
Ein Geheimnis Hüten оберегать тайну
Eingeborene, m, f туземец
Eitelkeit kitzeln сыграть на тщеславии
Elster, f, -n сорока
empor, adv вверх
entbehren können обходиться без чего-либо, кого-либо
entbehrlich ненужный, излишний
entschädigen возмещать
entzücken восхищать, приводить в восторг
entzweireißen разрывать (пополам)
entzweischlagen разбивать, раскалывать
erbärmlich жалко, плачевно; очень, сильно
erbeuten захватить, взять (в качестве трофея)
erbitterten злить
erblicken увидеть, распознавать, узнать
Erbse, f <-, -n> горох, горошина
erdichten сочинять
erdrosseln задушить
ereignen случаться
Ermüdung, f, <-, -en> усталость
erniedrigen унижать
Erregtheit, f взволнованность
Erschöpfung, f изнеможение
erschüttern сотрясать

erschütternd поразительный
erträumen воображать
Erwähnung, f, <-, -en> упоминание

F

fachmännisch компетентный, профессиональный
Fallbeil, n, <-(e)s, -e> гильотина
Falschheit, f лицемерие, двуличие, лживость, неискренность
Famulus, m, <-, -se и ..li > — воспитанник
fangen *прош. время* fing ловить, схватить
Fass, n <-es, Fässer *и как мера* -> бочка, бочонок; Bier vom Fass бочковое/разливное пиво
Faust, f, <-, Fäuste> кулак
finster мрачный
Flucht, f, -en бегство
flüchten бежать, спасаться бегством
flüchtig беглый, мимолётный
Folterung, f, <-, -en> пытка, истязание
forschten исследовать, пристально изучать
Fracht, f, <-, -en> груз
fristen перебиваться
fürchten бояться
futsch sein пропасть

G

garstig дерзкий, невоспитанный; уродливый, безобразный; мерзкий
Gasse, f улочка, переулок
Gaudium, n, <-s> *книжн. устар.* забава, веселье
Gebärde, f, <-, -n> жест
Gebärklinik, f родильный приют
Gebräu, n, <-(e)s, -e> питьё
gedrängt тесно
geduckt сгорбившись
Gefährte, m, <-n, -n> товарищ
gefällig услужливый

Gegenwart, f присутствие
Gehaben, n, <-s> поведение, образ мыслей
gehorchen повиноваться
Geilheit f страстность
geistige Begabung умственная одарённость
gelähmt парализованный
gelehrt образованный
Geleit geben обеспечить сопровождение
Gelüst, <-(e)s, -e> вожделение, сильное желание
Geschäker, n любезничание
geschickt ловкий, искусный
Geschmeidigkeit, f покорность
Geschwätzigkeit, f болтливость
gespenstisch призрачный
Getümmel, n, <-s, -> суматоха
gewaltig могущественный, сильный
gewalttätiger насильственный, грубый
gewinnen *прош. время* gewann выигрывать
gierig жадный
glauben думать, полагать, верить
gleich сейчас, сразу; такой же
gleichfalls (точно) тоже, также
Gleichgültigkeit, f равнодушие
Glied, n, <-(e)s, -er> конечность
glimmen тлеть
greis старый, седой
grell яркий
Grind, n, <-(e)s, -e> короста

H

Habgier, f жадность, алчность
Habsucht, f алчность
Hacke, die <-, -n> кирка, мотыга
Hafenviertel, n, <-s, -> портовый район
Hahn, der кран; петух
Halfcast (англ) метис

Halunke, m, <-n, -n> негодяй
hämmern прибивать, стучать
Hand an sich legen наложить на себя руки
Handgelenk, n, <-(e)s, -e> запястье
hängen *прош. время* hing висеть
hasel, die <-, *-n*> лещина, лесной орешник
Hässlich безобразный, уродливый
Hauch, m -(e)s, -e дыхание
hegen хранить
Heiland, m, <-(e)s, -e> спаситель
heiser хриплый
Herausforderung, f, <-, -en> вызов, требование
herauslocken вытянуть (слова)
herauspressen выжать
herrisch повелительный
Herzlähmung, f, <-, -en> паралич сердца
hetzen травить
hingebungsvoll беззаветный
Hochmut, m, <-(e)s> высокомерие
hocken сидеть на корточках
höhnisch насмешливый, язвительный
Höllenqual, f мука
hüllend обволакивать

I

immer всегда, постоянно
in Schweiß gebadet находиться в поту
indem *устар.* тем временем, в это время
intakt здоровый, нормальный
irren sich ошибаться, заблуждаться, спутать, перепутать
irrwitzig безумный
Jauche, f, <-, -n> одурь

K

Kehle, f, <-, -n> гортань
kein Ende nehmen не было конца

keinen Augenblick vergeuden не потерять ни одного мгновения
Kittel, m <-*s*, -> (рабочий) халат
klappen хлопать, стучать
klettern лезть, карабкаться
klingeln звонить
klirren звенеть
klopfen хлопать, стучать
klug умный; толковый, разумный
kollern катиться
krachen грохотать
krallen скрючивать, впиваться когтями
Krämer, m, <-s, -> торгаш
kränken обижать
krepieren околеть, подыхать

L

Laib, <-(e)s, -e> буханка
lärmen шуметь, поднимать шум, галдеть
lassen *прош. время* ließ *зд.* отпускать; позволять; велеть, заставлять
lässig небрежный
Last, f груз, ноша
Last, f, -en бремень
Laubfrosch, Quackfrosch der <-(e)s, ..frösche> лягушка
Lauer, f засада
Leib, m тело
leichtfertig легкомысленно
leiden страдать
Leidenschaft zusammenhalten затаить в себе страсть
Lid, n, <-(e)s, -er> веко
lind чуткий
linkisch неуклюжий, неловкий

M

Mangel, m, <-s, Mängel> недостаток, нехватка (чего-л)
Mark, n, <-(e)s> мозг

martern мучить
Messe, die <-, *-n*> ярмарка
mit dem Blick umfassen охватить взглядом
mit einander друг с другом, вместе
mit Respekt betrachten относиться с уважением
Mittelschiff, <-(e)s, -e> средняя палуба
mürrisch угрюмый, мрачный
mustern разглядывать

N

nachforschen расследовать
nähren кормить
Narrheit, f, <-, -en> сумасбродство
nennen *прош. время* nannte называть, давать имя
neugierig любопытный
nicht sehr aufgeräumt не в очень хорошем расположении духа
nicken кивать, наклонять голову
Niedrigkeit, f низость

O

ob хотя, хоть; пусть
oben наверху, вверху, сверху
obendrein кроме того, вдобавок
Ohnmacht, f, -en обморок
Öllampe, f масляная лампа
ordentlich аккуратный, честный; приличный

P

peinigen мучить
Peiniger, m, <-s, -> мучитель
Petroleumlampe, f, <-, -n> керосиновая лампа
Pfarrer, m, <-s, -> — пастор
pflanzen сажать *(растения),* посадить
Pfosten, m, <-s, -> стойка
Pfote, f <-, -n> лапа

picken клевать *(о птице)*, стучать (клювом)
pochen стучать, избить (кого-л)
poltern стучать, шуметь
prachtvoll блистательно
prahlen (mit D) хвастаться
prickeln зудеть

Q

Quäntchen, n, <-s, -> капелька

R

rasend бешеный
Raubzug, m, <-(e)s, ..züge> разбойничий набег
rechteckig прямоугольный
reich богатый
reichen подавать, протягивать
Reichtum, m богатство
reif зрелый, созревший
reizen раздражать
remember (англ.) вспомните
Remis, n, <- [-'mi:s] и -en [-'mi: zn]> ничья (в шахматах)
resigniert примирившейся
Rinnstein, m сточная канава
Ruderboot, n, <-(e)s, -e> шлюпка
Ruhm, m, <-(e)s> слава
rühmen похвастаться

S

sagenhaft легендарный
Samt, m-(e)s, -e бархат
Schädel, m, <-s, -> череп
Schande, f позор
scheu робкий
scheuern чистить
schildern описать

schildern

schluchzen рыдать
schlurfen шаркать ногами
schmierig грязный
Schwatz, m, <-es, -e> болтовня
Schweigsamkeit, f молчаливость
schwingen размахивать, махать
schwül душный
segnen благословлять
Seine Neugier war plötzlich wach внезапно у него проснулось любопытство
selig счастливый
Seligkeit, f высшее счастье
sich krümmen корчиться
sickern обнаружилась, сочиться
Simultanpartie, f, <-, -ien> сеанс одновременной игры
Sohle, f, <-, -n> подошва
spähen, (nach, auf) подсматривать
spannen окаменеть
Speiche, f, <-, -n> спица
spotten насмехаться
stammeln запинаться, заикаться
stemmen упираться
stocken застревать
straffen распрямляться
Strickleiter, f, <-, -n> верёвочная лестница
strömen устремляться
stürmisch буйный
Sumpf, m, <-(e)s болота
Sumpfstation, f, <-, -en> болотиста дыра
Surgeon (англ) хирург

T

taugen (zu D) годиться, быть (при)годным
taumeln шататься
Tausend, *n* <-s, -e *u* -> тысяча

tausendmal в тысячу раз
Tierchen, n <-s, -> зверёк
Tollheit, f, <-, -en> сумасшествие
Tölpel, m, <-s, -> увалень
Topf, der горшок; кастрюля
Torheit, f -en глупости, сумасбродство
traben бежать рысью
träge ленивый
Träne, f <-, -n> слеза, слезинка
Treue, f верность
Trotz, m, <-es> своенравие; упорство
trüb(e) мрачный
Trunkenbold -(e)s, -e Пьяница

U

überrannt потоплено
Übung, f упражнение, задание
Um Gottes willen! Nicht! — Ради Бога, не надо!
umhauen *прош. время* hieb um срубить, повалить
umsonst напрасно, тщетно, зря
umwenden повернуть, развернуть назад
unablässig безостановочно
unbehaglich неприятный, неловкий
undurchdringlich непроницаемый
ungehörig betragen невежливо поступить
ungeschickt неумелый, неловкий
unmittelbar непосредственно
Unmut Luft zu machen выместить раздражение
untersagen запрещать
unterstehen осмеливаться, позволять себе
Unterwürfigkeit, f, <-, -en> — покорность
unwillkürlich невольно, непреднамеренно

V

verachten презирать
verächtlich презрительный
verbeißen *прош. время* verbiss сдерживать, подавлять, терпеть
verblüffen озадачивать, ошеломлять
verbogen (verbiegen) скрываться
verbrennen прош. время verbrannte сгореть, обгореть
verbürgen гарантировать
verdienen зарабатывать *(деньги)*
verdingen sich наниматься, поступить в услужение
verdrießen (i, o) сердить, раздражать
verflechten тесно связанный
vergebens напрасно
Vergehen, n, <-s, -> проступок
Verhängnis, n, <-ses, -se> судьба
verhängnisvoll роковой
Verhöre, n, <-(e)s, -e> допрос
verhüllen застилать
Verkehr (-e)s общение
verkommen опускаться
Verlangen, n, -s, желание
verlegen смущённый
Vermächtnis, n, <-ses, -se> последняя воля
Vermietungszettel -s, — Объявление
vermögend состоятельный
verneinen отрицать
verpfuschen портить
verschleiern скрывать
verstümmeln искалечить
verweigern отказывать
verwirren запутанный
verwirren запутывать, сбивать с толку
verworren беспорядочный
verwüsten опустошать

verzweifelte отчаявшаяся
Verzweiflung, f отчаяние
vollgepfropften битком набитый
von vornherein сразу, с самого начала
Vordringlichkeit, f неотложная необходимость
vorgerückte Stunde поздний час

W

wachsen *прош. время* wuchs расти, вырастать
wählen выбирать
während в то время, как...; пока
Wand, f стена
warten *(auf A)* ждать, ожидать, дожидаться
waschen стирать (бельё)
wegnehmen забирать, отбирать, отнимать
wehren оказывать сопротивление, бороться
weichen, weicht, wicht отступать
Weigerung, f, -en отказ
werben, wirbt, warb набирать
Wesen, -s, ссущество
wetteifern соревноваться
widerspenstig своенравный, строптивый
Widerstand, m сопротивление
wie ein Stich ins Herz как удар в сердце
wie eine Gefangene leben жить словно пленница
wieder hielt er inne он опять умолк
Wiege, f, <-, -n> колыбель
Wildheit, f буйство
Winkel, m, <-s, -> угол
winseln — скулить
Wollust, <-, Wollüste>, f наслаждение
Wund стёртый до крови
würgen задохнуться, давить
Würgen, n рвотное движение

Y

You remain here (англ) Вы остаётесь здесь

Z

zahm ручной; домашний; смирный, кроткий, покорный
Zahn, m < Zähne> зуб
zapfen цедить, наливать *(пиво из бочки и т. п.)*
zärtlich нежный
Zehe, f палец *(стопы)*
zehrlose, m, f беззащитный
Zeitlang, die <-> срок; период; некоторое время
zerkrampfen комкать
zerstreuter рассеянный
Zeuge, m <-n, -n> свидетель, очевидец
zischeln шептать
zitternden дрожащий
zögern не решаться
zögernd нерешительный
Zorn, m-(e)s гнев
zu Füßen fallen упасть к ногам
zu Häupten над головой
zu Grunde gehen гибнуть
zum Äußersten kommen впадать в крайности
Zündholz, n <-es, ..hölzer> спичка
zusammen schrecken вздрагивать
zusammenbrechen обессилить
zwiefach двойственный

СОДЕРЖАНИЕ

Brief einer Unbekannten 3
Der Amokläufer 39
Schachnovelle 101
Alphabetisches Wörterverzeichnis 144

Издание для дополнительного образования

ЛЕГКО ЧИТАЕМ ПО-НЕМЕЦКИ
Немецкий с любовью

16+

Цвейг Стефан
НОВЕЛЛЫ

Stefan Zweig
NOVELLEN

Редактор *Э. А. Газина*
Технический редактор *О.В. Панкрашина*
Дизайн обложки *К. А. Щербаковой*
Компьютерная верстка *Т.В. Коротковой*

Подписано в печать 15.07.2014. Формат 84х108/32.
Бумага офсетная. Печать офсетная.
Усл. печ. л. 8,4. Тираж 3000 экз. Заказ 2113.

Общероссийский классификатор продукции
ОК-005-93, том 2; 953000 – книги и брошюры

ООО «Издательство АСТ».
129085, г. Москва, Звездный бульвар, дом 21, строение 3, комната 5.

Наш сайт: www.ast.ru
E-mail: lingua@ast.ru

Издано при участии ООО «Харвест».
Свидетельство о ГРИИРПИ № 1/17 от 16.08.2013.
Ул. Кульман, д. 1, корп. 3, эт. 4, к. 42,
220013, г. Минск, Республика Беларусь.
E-mail редакции: harvest@anitex.by

Республиканское унитарное предприятие
«Издательство «Белорусский Дом печати».
Свидетельство о государственной регистрации издателя, изготовителя,
распространителя печатных изданий
№ 2/102 от 01.04.2014.
Пр. Независимости, 79, 220013, г. Минск, Республика Беларусь.